D1495258

CONTES À GUÉRIR, CONTES À GRANDIR

JACQUES SALOMÉ

Contes à guérir
Contes à grandir

ILLUSTRATIONS
DE DOMINIQUE DE MESTRAL

ALBIN MICHEL

© Éditions Albin Michel, 1993
ISBN : 978-2-253-08437-2 – 1re publication LGF

J'ai eu envie de commencer ce recueil de contes par...

« Il était une fois un psychosociologue qui se sou-venait de l'enfant qu'il avait été, des histoires qu'il se racontait le soir avant de s'endormir pour calmer les blessures reçues dans la journée, pour apprivoiser les peurs de la nuit, pour restaurer l'image négative que le monde avait de lui... à cette époque-là ! »

Je voudrais vous dire aussi que ce recueil est né d'une triple découverte, qui a été essentielle dans ma vie personnelle et professionnelle.

* J'ai d'abord découvert combien il était nécessaire, dans toute relation, d'oser se dire, de nommer ses sen-timents, son vécu, ses émotions ou ses désirs, d'aller au-delà du silence des mots pour dépasser la violence des maux.

* Ma deuxième découverte a été de comprendre que toutes les maladies (mal-à-dit) sont des **langages sym-boliques**, avec lesquels une personne en difficulté de santé tente de dire ou de ne pas dire l'insupportable, l'indicible.

* Ma troisième découverte a été d'accepter qu'au-delà de nos cinq sens les plus habituellement utilisés, nous possédions chacun d'entre nous cinq sens encore plus merveilleux, plus rarement utilisés : l'émotion, l'imagination, l'intuition symbolique, l'inspiration créatrice et la conscience universelle qui nous relie au divin.

* Ces découvertes m'ont conduit à développer, depuis quelques années, le concept de **soins relationnels**.

J'appelle soins relationnels l'ensemble des gestes, des paroles, des attitudes, des propositions réalistes ou symboliques que je peux proposer à une personne en difficulté de santé,

* pour qu'elle entende mieux le sens de ses somatisations, de ses passages à l'acte, des violences physiques reçues ou engrangées par son corps ;

* pour lui permettre de redevenir un sujet actif ;

* pour qu'elle puisse retrouver et développer des énergies et des ressources lui donnant accès à davantage d'autonomie physique, à plus de possibles dans ses rencontres avec la vie.

Parmi les soins relationnels, **j'ai introduit des contes, des métaphores, des histoires poétiques et ludiques** : ils suscitent chez celui qui les entend un éveil, une prise de conscience, ils stimulent les reliances de son histoire personnelle et familiale.

J'appelle reliance la capacité de relier entre eux des événements, des situations de notre histoire, éparpillés dans le temps, disjoints et apparemment sans rapport commun et cependant porteurs de sens, significatifs d'un message, d'une fidélité ou d'une mission.

Les reliances vont permettre de rapprocher les morceaux du puzzle de notre vie et par ce rapprochement, cette réconciliation possible, donner un sens à notre existence.

J'ai commencé à écrire ce livre de **Contes à guérir, Contes à grandir** il y a trois ans.

Cela à la demande d'amis, de collègues ou d'inconnus qui, m'ayant entendu ou lu, ont été touchés, interpellés par mes propos.

Je voudrais ici remercier chacun, non seulement pour les stimulations qu'il a déclenchées mais pour aussi l'éveil en moi d'une dynamique nouvelle dans laquelle mes cinq autres sens, ceux dont j'ai parlé plus haut, ont été amplifiés.

J'ai demandé à certains de m'offrir la possibilité de publier les contes qu'ils avaient eux-mêmes créés. Et je tiens ici à témoigner de mon émerveillement pour la finesse et la créativité de certains à utiliser les ressources du langage symbolique.

Car les contes participent de ce langage. Ils véhiculent des messages qui s'adressent directement à l'inconscient, en prise directe, sans intermédiaire.

Ces contes, créés à partir d'un symptôme, d'une conduite gênante, d'un trouble, d'une somatisation ou d'un comportement atypique, ont par leur contenu métaphorique, poétique et ludique le pouvoir de « parler à l'inconscient » de celui qui les écoute et les reçoit.

Ils provoquent, déclenchent ainsi une véritable alchimie réparatrice, restauratrice de l'imaginaire blessé.

Certains contes vont œuvrer dans une autre direction et remplir une fonction de réunification, ou de dépassement des conflits internes. D'autres encore vont médiatiser la rencontre d'une personne insécurisée avec une réalité perçue comme menaçante, chaotique ou contradictoire. Les contes peuvent être, à tout âge, des relais pour le réapprentissage de conduites censurées, pour favoriser une meilleure différenciation entre différents aspects de soi, pour sortir des collusions et des risques de confusion de rôles introduits par certains parents, entretenus par certains partenaires de l'âge adulte.

Chacun des contes de ce recueil a bien rempli sa mission, qui était de guérir un symptôme, de modifier ou de transformer une relation vécue comme insatisfaisante ou douloureuse, de restaurer des liens conflictuels, de provoquer un changement dans un mode de vie, et le plus souvent dans une façon d'être.

* Les contes ont ce pouvoir de toucher en nous simultanément plusieurs registres, de réactiver notre inconscient, de stimuler la mémoire de nos oublis, de susciter un autre regard, une autre écoute, d'être porteurs d'énergie créatrice.

J'offre ces contes à chacun et chacune d'entre vous, lecteur, lectrice. Il vous appartient d'en entendre le sens et les messages que vous serez prêts à accueillir.

Car ma grand-mère disait :

— On ne voit ses problèmes qu'avec ses yeux.

Et comme elle inventait ses propres dictons, elle ajoutait :

— Nul n'est plus sourd que celui qui entend…

Car le plus difficile dans la recherche de la vérité, c'est que parfois… on la trouve !

— *D'où viennent les contes, interrogeait un enfant ?*

— *Ils viennent de la poésie, de la poétique qui est en chacun de nous.*

— *Comment savais-tu qu'il y avait une femme nue dans cette pierre ? demande un autre enfant à un sculpteur.*

— *Je ne le savais pas, dit l'artiste, je la sentais en moi, tout au fond et je l'ai laissée sortir ainsi.*

— *Où trouves-tu toutes ces histoires ? insista un ex-enfant.*

— *Je ne les trouve pas, c'est elles qui m'ont cherché et m'ont trouvé.*

Le conte de l'homme amoureux
de la planète Vénus

Un homme était amoureux de la planète Vénus (certains s'arrêtent au mont de Vénus !) mais lui était vraiment amoureux, et chaque soir de ciel étoilé, il s'allongeait devant sa maison pour déclarer son amour à la planète inaccessible, du moins… le croyait-il !

Un soir où il rêvait ainsi, le cœur plein d'amour et le corps plein d'émois, il entendit une voix très douce chuchoter à son oreille :

— Je suis touchée de ta ferveur, et impatiente de te serrer dans mes bras, viens me rejoindre, viens…

Il se leva d'un bond, il avait bien reconnu la voix de l'aimée, même s'il ne l'avait jamais entendue. La planète Vénus enfin avait perçu son amour et répondait à sa flamme.

— Mais comment puis-je faire pour arriver jusqu'à toi, je ne suis qu'un homme ?

Elle murmura toute proche :

— Regarde le rayon de lune qui scintille jusqu'à tes pieds, approche-toi, monte dessus et quand tu seras sur la Lune, tu trouveras un autre rayon que j'ai déposé pour toi et qui te conduira jusqu'à moi…

L'homme monta sur le rayon et avec facilité s'éleva jusqu'à la Lune. Sur cette planète, il découvrit comme promis le rayon de Vénus et commença à s'élever vers elle.

A mi-chemin, il eut soudain cette pensée : « Mais ce n'est pas vrai, je rêve, ce n'est pas possible qu'un homme puisse ainsi marcher sur le rayon d'une planète… »

Et avec le doute qui naquit ainsi en lui, il trébucha, tomba… et s'écrasa des milliers de kilomètres plus bas… sur Mars.

Avant de mourir, il eut le temps d'entendre la voix de son aimée qui murmurait tout contre son oreille.

— Il ne suffisait pas de m'aimer, ni de me faire confiance, encore fallait-il que tu puisses croire en tes ressources, que tu oses te faire confiance à toi-même !

Ainsi se termine le conte de l'homme qui ne savait pas que le possible est juste un petit peu après l'impossible.

Un des poisons les plus violents de notre vie est consti-
tué par toutes les peurs qui nous habitent. Nous sommes
d'une habileté incroyable pour créer de nouvelles peurs,
pour entretenir les anciennes, pour renouveler et tenir à
jour le stock inépuisable de nos peurs.

Comme les peurs sont un des langages les plus utilisés
par les enfants, et aussi par les ex-enfants, j'ai conçu ce
petit conte...

Il était une fois le Magicien des Peurs

Il était une fois, une seule fois, dans un des pays de notre monde, un homme que tous appelaient le Magicien des Peurs.

Ce qu'il faut savoir, avant d'en dire plus, c'est que toutes les femmes, tous les hommes et tous les enfants de ce pays étaient habités par des peurs innombrables.

Peurs très anciennes, venues du fond de l'humanité, quand les hommes ne connaissaient pas encore le rire, l'abandon, la confiance et l'amour.

Peurs plus récentes, issues de l'enfance de chacun, quand l'innocence d'un regard, l'étonnement d'une parole, l'émerveillement d'un geste ou l'épuisement d'un sourire se heurtent à l'incompréhensible de la réalité.

Ce qui est sûr, c'est que chacun, dès qu'il entendait parler du Magicien des Peurs, n'hésitait pas à entreprendre un long voyage pour le rencontrer. Espérant ainsi pouvoir faire disparaître et supprimer les peurs qu'il ou elle portait dans son corps, dans sa tête ou qui simplement accompagnaient sa vie.

Nul ne savait comment se déroulait la rencontre. Il y avait chez ceux qui revenaient du voyage beaucoup de pudeur à partager ce qu'ils avaient vécu. Ce qui est certain, c'est que le voyage du retour était toujours plus long que celui de l'aller.

Un jour, un enfant révéla le secret du Magicien des Peurs. Mais ce qu'il en dit parut si simple, si incroyablement simple que personne ne le crut.

« Il est venu vers moi, raconta-t-il, m'a pris les deux mains dans les siennes et m'a chuchoté :

— Derrière chaque peur, il y a un désir. Il y a toujours un désir sous chaque peur aussi petite ou aussi terrifiante soit-elle ! Il y a toujours un désir, sache-le.

Il avait sa bouche tout près de mon oreille et il sentait le pain d'épice, confirma l'enfant.

Il m'a dit aussi :

— Nous passons notre vie à cacher nos désirs, c'est pour cela qu'il y a tant de peurs dans le monde. **Mon unique travail, et mon seul secret, c'est de permettre à chacun d'oser retrouver, d'oser entendre et d'oser respecter le désir qu'il y a en lui sous chacune de ses peurs. »**

L'enfant, en racontant tout cela, sentait bien que personne ne le croyait. Et il se mit à douter à nouveau de ses propres désirs.

Ce ne fut que bien des années plus tard qu'il retrouva la liberté de les entendre, de les accepter en lui, mais ceci est déjà une autre histoire.

Cependant, un jour, un homme décida de mettre le Magicien des Peurs en difficulté.

Oui, il voulait lui faire vivre un échec. Il fit le voyage, vint auprès du Magicien des Peurs avec une peur qu'il énonça ainsi :

— J'ai peur de mes désirs !

Le Magicien des Peurs lui demanda :

— Peux-tu me dire le désir le plus terrifiant qu'il y a en toi ?

— J'ai le désir de ne **jamais** mourir, murmura l'homme.

— En effet, c'est un désir terrible et fantastique que tu as là.

Puis, après un long silence, le Magicien des Peurs suggéra :

— Et quelle est la peur qu'il y a en toi, derrière ce désir ?

Car derrière chaque désir, il y a aussi une peur qui s'abrite et parfois même plusieurs peurs.

L'homme dit d'un seul trait :

— J'ai peur de ne pas avoir le temps de vivre toute ma vie.

— Et quel est le désir de cette peur ?

— Je voudrais vivre chaque instant de ma vie de la façon la plus intense, la plus vivante, la plus joyeuse, sans rien gaspiller.

— Voilà donc ton désir le plus redoutable, murmura le Magicien des Peurs.

Écoute-moi bien. Prends soin de ce désir, c'est un désir précieux, unique. Vivre chaque instant de sa vie de la façon la plus intense, la plus vivante, la plus joyeuse… sans rien gaspiller, c'est un très beau désir. Si tu respectes ce désir, si tu lui fais une place réelle en toi, tu ne craindras plus de mourir. Va, tu peux rentrer chez toi.

Mais vous qui me lisez, qui m'écoutez peut-être, vous allez tout de suite me dire :

— Alors, chacun d'entre nous peut devenir le magicien de ses peurs !

— Bien sûr, c'est possible, **si chacun s'emploie à**

découvrir le désir qu'il y a en lui, sous chacune de ses peurs ! Oui, chacun de nous peut oser découvrir, dire ou proposer ses désirs. A la seule condition d'accepter que tous les désirs ne soient pas comblés. Chacun doit apprendre la différence entre un désir et sa réalisation...

— Alors, tous les désirs ne peuvent se réaliser, même si on le désire ?

— Non, tous les désirs ne peuvent se réaliser, seulement certains. Et nul ne sait à l'avance lequel de ses désirs sera seulement entendu, lequel sera comblé, lequel sera rejeté, lequel sera agrandi jusqu'aux rires des étoiles !

C'est cela, le grand secret de la vie. D'être imprévisible, jamais asservie et, en même temps, immensément ouverte et généreuse face aux désirs des humains. Car il y a des désirs qui ont besoin de rester à l'état de désir, pour s'accomplir pleinement.

Des rumeurs disent que le Magicien des Peurs pourrait passer un jour dans notre pays...

Le conte du marchand d'habits

A une époque très lointaine, dans un pays dont je ne dirai pas le nom, vivait un marchand d'habits.

Son magasin était tout à côté de la boutique d'un marchand qui vendait, lui, des « années » en plus ou en moins. Mais, c'est du marchand d'habits dont je veux parler. Celui-ci vendait des habits correspondant aux sentiments que l'on désirait avoir, aux émotions que l'on souhaitait éprouver.

Vous souhaitiez un habit tristesse, il vous vendait un habit tristesse grise ou noire sur mesure, à la profondeur ou à l'intensité de votre choix, du chagrin au désespoir, en passant par toute la variété de la détresse.

Vous souhaitiez un habit de joie, il vous le taillait à vos dimensions.

Il vous confectionnait sur demande un habit de bien-être, de plaisir, de jubilation, de rires ou seulement de sourires.

Vous souhaitiez un habit d'amour, il vous proposait un habit d'amour léger, d'amour transi, d'amour passion ou encore d'amour rage. Il possédait l'art incomparable de créer des habits au plus près de votre attente la plus intime.

Un jour, un homme entra dans sa boutique et demanda un entretien privé :

— J'ai besoin, dit-il quand il fut seul avec le marchand, d'un habit pour un sentiment très particulier.

C'est un sentiment important pour moi : je ne veux pas être aimé.

Le marchand, étonné, demanda quelques jours de réflexion avant de donner sa réponse.

Un mois plus tard, le marchand fit passer un billet à l'homme pour l'inviter à découvrir l'habit qu'il avait conçu pour lui.

— Cet habit, lui dit-il, vous satisfera pleinement. Dès que vous le porterez il empêchera celui qui tente de vous aimer de vous aimer réellement. Vous verrez, il aura beaucoup de mal à vous aimer.

Et peut-être se découragera-t-il définitivement.

— Mais comment s'appelle cet habit ?

— Je lui ai donné le nom de JALOUSIE.

Soyez sans crainte, j'ai tout prévu. Dès que vous le portez, vous avez tout de suite envie d'accuser l'autre de ne pas vous aimer assez. Vous lui reprocherez de s'intéresser à vous uniquement pour votre corps, pour votre argent, pour quelque chose que vous avez ou que vous n'avez pas.

Vous aurez envie de l'agresser et vous le ferez.

Dès que votre amoureux ou amoureuse montrera le plus petit intérêt pour une autre personne, reproches, accusations, critiques, dont les meilleurs sont les plus injustifiés, vous viendront spontanément à l'esprit.

Vous serez surpris de votre créativité, de votre inventivité pour transformer toutes les situations de rencontres en enfer... pour vous-même et pour l'autre.

Mais attention, il n'y a qu'une seule condition pour que je vous vende cet habit : il est tellement efficace pour empêcher quelqu'un de vous aimer que je vous demande de ne chercher à le reproduire sous aucun prétexte.

La suite de cette histoire est épouvantablement dramatique.

L'homme fut si satisfait de cet habit qui, dès qu'il le portait, arrivait à détériorer toute relation amoureuse, mettait toute tentative d'amour sincère en échec... Il fut tellement satisfait, étais-je en train de vous dire, qu'il en parla autour de lui et transgressa son engagement. Il accepta même qu'on puisse en recopier certaines parties et l'«habit jalousie» se répandit rapidement sur l'ensemble de la planète.

Il revêtit entièrement ou partiellement des milliers d'hommes et de femmes dont certains l'adoptèrent en entier afin de développer une jalousie morbide, mortifère, non seulement pour eux-mêmes mais pour l'autre également.

C'est ainsi qu'on put lire dans certains journaux ou entendre aux informations :

«Drame de la jalousie... il l'aimait tellement qu'il préféra la tuer», ou encore :

«Excédée par ses crises de jalousie, elle l'empoisonna...»

«Ils passèrent vingt ans de leur vie à se reprocher mutuellement d'être trop aimés et mal aimés... par l'autre.»

Ceux qui lisent ou écoutent ce genre de nouvelles aux informations pensent que c'est le jaloux qui aime trop.

Nous, qui connaissons les ravages que peuvent faire

les « habits de la jalousie », savons bien qu'il n'en est rien. Celui qui les porte a très peur d'être aimé, et il s'arrange, même s'il n'en est pas conscient, pour décourager, pour tenir à distance, pour éloigner l'amour possible d'un autre.

Il m'est arrivé un jour d'être très tenté par la couleur et par la forme d'un habit de jalousie... L'effet fut immédiat, il éloigna avec une efficacité redoutable celle qui prétendait m'aimer.

J'abandonnai rapidement l'habit trop tentateur mais le mal était fait. Je ne la revis plus.

Si un jour vous êtes tenté d'emprunter ou simplement d'essayer de mettre un habit jalousie, soyez infiniment prudent, à moins que justement l'amour ne vous fasse tellement peur qu'il vous soit nécessaire et indispensable de mettre cet habit.

Nous croyons savoir aujourd'hui qu'un nombre considérable d'« habits jalousie » circulent de par le monde.

Certains sont portés temporairement, d'autres sont endossés avec beaucoup de constance, pendant des années, car ils sont quasiment inusables.

Quelques-uns arrivent même à s'imprégner, à s'incruster dans la peau, et ils parviennent ainsi à étouffer petit à petit celui qui les porte.

Je ne souhaite à personne un tel sort... même pas à mon pire ennemi, si j'en ai jamais eu un.

Le conte de la petite fille à qui on avait laissé croire que l'amour viendrait un jour la chercher

Il était une fois une petite fille qui, depuis long-temps, longtemps, portait dans son cœur le rêve d'un grand et bel amour. Elle rêvait à un garçon, puis plus tard à un homme, un inconnu à venir à qui elle don-nerait sa vie, son corps, tout son être. Les années passèrent et le bel amour n'arrivait pas. Elle le cher-chait partout en vain, dans le moindre sourire, dans chaque regard, dans chaque rencontre.

Pendant des années, elle fut sûre que l'amour vien-drait vers elle, la reconnaîtrait entre toutes et lui dirait :

— Oui, c'est toi que je cherchais, je suis venu pour toi, pour toi seule…

Et la petite fille devenue grande, pour ressembler à ses amies, aux autres femmes, renia son beau rêve et s'en alla dans les bras d'un passant qui pas-sait.

Elle ne savait pas encore qu'elle s'était trahie, car elle ne connut dans cette rencontre-là ni l'amour, ni le plai-sir, ni même la possibilité de rêver sa vie.

Puis un jour la relation cassa, elle prit la fuite pour sauver un peu de sa vie.

Longtemps, longtemps, son corps garda la trace de

cette histoire au début banale, puis médiocre et enfin sordide.

Elle restait, depuis, fermée au plaisir, effrayée par le possible d'un partage.

Un jour, bien longtemps plus tard, elle découvrit, tout au fond d'elle, cet amour qu'elle avait tant recherché à l'extérieur.

Oui, elle rencontra cet amour en elle, comme une force extraordinaire qui la poussa vers un homme qu'elle n'avait ni attendu ni espéré. Il fut là sans même qu'elle le sût, il fut là tout entier, tout présent.

Il fut là et elle s'éveilla ou, plutôt, ce fut l'amour qu'elle portait en elle qui s'éveilla.

Telle une source, il irrigua chacun de ses gestes, ensoleilla ses paroles, fit germer des possibles qu'elle ne soupçonnait même pas.

Ce fut comme un tremblement de terre interne qui secoua toute son existence.

Elle qui avait tant attendu, espéré un amour unique venant vers elle du dehors, découvrait étonnée, ébahie, qu'il avait sommeillé jusqu'à ce jour en elle. Qu'elle le portait au secret de son corps, inouï, extraordinaire de vivacité, surprenant d'imprévisibles.

L'homme à qui elle donna cet amour inespéré fut si surpris, dans un premier temps, qu'il douta de ce sentiment si fou, si soudain. Il en eut même un peu peur au début.

— Je ne le mérite pas, pensait-il, elle doit se tromper et me prendre pour un autre.

Mais c'était bien lui qu'elle avait choisi, seulement lui.

La suite de l'histoire, je ne peux la dire car il arrive parfois que des amours humaines soient si agrandies, si amplifiées par ceux qui les reçoivent qu'elles deviennent des légendes.

Et je ne veux entraîner personne dans un rêve qui ne saurait trouver sa place dans la réalité. A moins que, écoutant tout au fond de vous...

Un conte réveille des forces insoupçonnées.

Il relie des vibrations qui se cherchent depuis long-temps ou qui se sont perdues il y a plus longtemps encore.

Toutes ces vibrations reliées créeront une énergie et, parfois, un chemin pour atteindre plus d'inaccessible.

Le conte de la petite fille qui cherchait en
elle le Chemin des Mots

Il était une fois une petite fille qui ne trouvait jamais les mots pour dire ce qu'elle ressentait.

Chaque fois qu'elle tentait de s'exprimer, de traduire ce qui se passait à l'intérieur d'elle, elle éprouvait comme une sorte de vide. Les mots semblaient courir plus vite que sa pensée. Ils avaient l'air de se bousculer dans sa bouche mais n'arrivaient pas à se mettre ensemble pour faire une phrase.

Dans ces moments-là, elle devenait agressive, violente, presque méchante.

Et des phrases toutes faites, coupantes, cinglantes sortaient de sa bouche. Elles lui servaient uniquement à couper la relation qui aurait pu commencer.

— De toute façon tu ne peux pas comprendre.

— Ça ne sert à rien de dire.

— C'est des bêtises de croire qu'il faut tout dire !

D'autres fois, elle préférait s'enfermer dans le silence, avec ce sentiment douloureux.

— Que de toute façon personne ne pouvait savoir ce qu'elle ressentait, qu'elle n'y arriverait jamais. Que les mots ne sont que des mots.

Mais tout au fond d'elle-même, elle était malheureuse, désespérée, vivant une véritable torture à chaque tentative de partage.

Un jour, elle entendit un poète qui disait à la radio :
— Il y a chez tout être humain un Chemin des Mots qu'il appartient à chacun de trouver.

Et, dès le lendemain, la petite fille décida de partir sur le Chemin des Mots qui était à l'intérieur d'elle.

La première fois où elle s'aventura sur le Chemin des Mots, elle ne vit rien. Seulement des cailloux, des ronces, des branchages, des orties et quelques fleurs piquantes.
Les mots du Chemin des Mots semblaient se cacher, paraissaient la fuir.

La seconde fois où elle chemina sur le chemin des mots, le premier mot qu'elle vit sur la pente d'un talus fut le mot « **Oser** ». Quand elle s'approcha, ce mot osa lui parler. Il lui dit d'une voix exténuée :
— Veux-tu me pousser un peu plus haut sur le talus ?

Elle lui répondit :
— Je crois que je vais te prendre avec moi et que je vais t'emmener très loin dans ma vie.

Une autre fois, elle découvrit que les mots étaient comme des signes sur le bord de ce chemin et que chacun avait une forme différente et un sens particulier.

Le deuxième mot qu'elle rencontra fut le mot « **Vie** ». Elle le ramassa, le mit contre son oreille. Tout d'abord, elle n'entendit rien. Mais en retenant

37

sa respiration, elle perçut comme un petit chuchote-
ment :

— Je suis en toi, je suis en toi

et plus bas encore :

— prends soin de moi.

Mais là, elle ne fut pas très sûre d'avoir bien
entendu.

Un peu plus loin sur le Chemin des Mots, elle trouva
un petit mot tout seul, recroquevillé sur lui-même, tout
frileux comme s'il avait froid.

Il avait vraiment l'air malheureux, ce mot-là. Elle le
ramassa, le réchauffa un peu, l'approcha de son cœur
et entendit un grand silence. Elle le caressa et lui dit :

— Comment tu t'appelles, toi ?

Et le petit mot qu'elle avait ramassé lui dit d'une
voix nouée :

— Moi, je suis le mot « **Seul** ». Je suis vraiment tout
seul. Je suis perdu, personne ne s'intéresse à moi, ni ne
s'occupe de moi.

Elle serra le petit mot contre elle, l'embrassa doucement et poursuivit sa route.

Près d'un fossé, sur le Chemin des Mots, elle vit un
mot à genoux, les bras tendus. Elle s'arrêta, le regarda
et c'est le mot qui s'adressa à elle :

— Je m'appelle « **Toi** », lui dit-il. Je suis un mot
très ancien mais difficile à rencontrer car il faut me
différencier sans arrêt des autres.

La petite fille le prit en disant :

— J'ai envie de t'adopter, « toi », tu seras un bon
compagnon pour moi.

Sur le Chemin des Mots elle rencontra d'autres
mots qu'elle laissa à leur place. Elle chercha un mot

tout joyeux, tout vivant. Un mot qui puisse scintiller dans la nuit de ses errances et de ses silences.

Elle le trouva au creux d'une petite clairière. Il était allongé de tout son long, paraissait détendu, les yeux grands ouverts. Il avait l'air d'un mot tout à fait heureux d'être là. Elle s'approcha de lui, lui sourit et dit :

— C'est vraiment toi que je cherchais, je suis ravie de t'avoir trouvé. Veux-tu venir avec moi ?

Il répondit :

— Bien sûr, moi aussi je t'attendais…

Ce mot qu'elle avait trouvé était le mot « **Vivra** ».

Quand elle rassembla tous les mots qu'elle avait recueillis sur le Chemin des Mots, elle découvrit avec stupéfaction qu'ils pouvaient faire la phrase suivante : « Ose ta vie, toi seule la vivras », elle répéta plus lentement : « Ose ta vie, toi seule la vivras. »

Depuis ce jour, la petite fille prit l'habitude d'aller se promener sur le Chemin des Mots. Elle fit ainsi des découvertes étonnantes, et ceux qui la connaissaient furent très surpris d'entendre tout ce que cette petite fille avait à l'intérieur d'elle. Ils furent étonnés de toute la richesse qu'il y avait dans une petite fille très silencieuse.

Ainsi se termine le conte de la petite fille qui ne trouvait jamais les mots pour se dire.

Les contes nous révèlent parfois nos propres aveu-glements, nos comportements les plus aberrants, nos conduites les plus dérisoires, les plus puériles.

Ils deviennent le miroir sans pitié de nos multiples et attachants personnages.

Le conte de l'homme très amoureux

Il était une fois un homme qui avait un perroquet merveilleux, en fait une perroquette, qu'il aimait d'un amour si fou qu'il confondait sentiments et relations. Ce qui est très fréquent chez les humains, mais peu courant chez les **psittacidés.** Il avait fait construire et installé pour sa perroquette une cage tout en or possédant tout le confort moderne : salle de bains avec eau bouillonnante, cuisine super-équipée, four à micro-ondes, lave-vaisselle, broyeur, mixeur, chambre somptueuse à télévision incorporée, moquette, lustre, mobilier Henri IV façon IKEA, etc.

Chaque matin, cet homme suppliait sa bien-aimée :
— Tu sais combien je t'aime, si quelque chose peut te faire plaisir, n'hésite pas, demande-le, je veux te l'offrir !

Et tous les matins, la perroquette lui demandait :
— Ouvre la porte de ma cage, laisse-moi partir…
Voilà le seul cadeau qui me ferait vraiment plaisir !
— Ah ! tu me déchires, répondait l'homme.
Demande-moi tout ce que tu veux, je te le donne, sauf la liberté. Car je t'aime si fort que je ne peux vivre sans toi. Je te veux à moi tout seul.

Demande-moi tout ce que je veux... pour te faire plaisir.

Un matin, fidèle à sa conduite, il demanda à la perroquette qu'il aimait si fort ce qui lui ferait plaisir.

La perroquette adorée lui dit :

— Pourrais-tu faire un voyage pour moi ?

— Oui, oui, tout ce que tu veux !

— Pourrais-tu aller vers les Iles du Désir, transmettre un message à mon grand-père qui habite là-bas.

— Avec plaisir, s'empressa l'homme. Ah ! que je suis heureux ! Tu me demandes enfin quelque chose pour toi et je peux te satisfaire.

Mais comment reconnaîtrai-je ton grand-père ?

— C'est très simple. Quand tu arriveras aux **Iles du Désir**, demande où se trouve la plage qu'on appelle : **Plage de la Fidélité**.

— Es-tu sûre que c'est sur cette plage que se trouve ton grand-père ?

— Oui, oui, tu verras. Il y a derrière cette plage une montagne qui s'appelle : **Respect de Soi**.

Cette plage est au fond d'une baie, que tout le monde connaît sous le nom de **Baie de la Responsabilité**.

Sur cette plage, il y a des cocotiers d'une espèce très particulière, qu'on nomme là-bas : **Affirmation de soi** et au sol des coquillages d'une variété très rare, appelée **Pouvoir se dire**.

Tu lèveras les yeux, et tu verras tout en haut du plus grand des cocotiers... mon grand-père !

Tu ne peux te tromper, il est très vieux, il porte une moustache à la Brassens, il a des yeux tendres et bleus comme Jean Ferrat, il a un rire semblable à celui de Jacques Brel et il porte un pull-over arc-en-ciel comme ceux de Julos Beaucarne.

Tu ne peux pas te tromper !

— Et que dois-je lui dire ?

— Dis-lui simplement :

— Je viens à la demande de ta petite-fille.

Dis-lui comment je vis. Dis-lui surtout tout ce que tu fais pour moi : la cage en or, la moquette, la salle de bains, la télévision… **Dis-lui tout ce que tu fais pour moi avec tant d'amour**.

— Tu crois qu'il me croira ! Il va peut-être penser que je me vante. Ce que je fais pour toi, **je le fais uniquement par amour, tu le sais !**

— Ne crains rien, il te croira sur parole. Surtout quand tu lui auras dit mon nom secret.

— **Tu as un nom secret !** s'écria l'homme soudain en colère.

Tu ne me l'as jamais dit. Tu m'as trompé, comment as-tu pu me faire ça ?

La perroquette lui répondit :

— Je ne t'ai pas trompé, c'est une vieille coutume de chez nous. Nous avons tous un nom secret, que seuls connaissent nos parents. Et aujourd'hui, en te le disant, je dévoile une règle importante de ma vie de perroquette. Une règle vitale que *tous*, un jour, nous devons suivre. Et ce jour est arrivé.

— Et quel est ce nom secret ? demanda l'homme un peu radouci.

— Je m'appelle : T'es toi quand tu parles.

L'homme demanda :

— TAIS-TOI QUAND TU PARLES ?

— Non, TU ES TOI QUAND TU PARLES ! s'impatienta la perroquette.

Allez, va, va dire de ma part à mon grand-père tout ce que je t'ai dit.

L'homme prit un billet d'avion en première classe.

Arrivé aux **Iles du Désir**, il chercha la **Baie de la Responsabilité**.

Il repéra la montagne **Respect de soi**, débarqua sur la **Plage de la Fidélité**, découvrit les cocotiers de cette espèce particulière appelée **Affirmation de soi**, remarqua bien les coquillages nacrés que tous connaissaient sous le nom de **Pouvoir se dire**.

Il vit bien, tout en haut du plus grand des cocotiers, un beau vieillard de perroquet à la moustache de Brassens, aux yeux bleus de Ferrat, au pull-over arc-en-ciel de Julos, qui riait aux éclats avec un rire que seul Jacques Brel savait offrir.

— Je viens de la part de ta petite-fille ! hurla l'homme.

— Tu connais ma petite-fille ! s'écria tout joyeux le grand-père.

— Oui, elle vit avec moi, j'ai tout fait pour son bonheur, dit-il avec une quinte de toux qui secoua sa poitrine.

— Ah ! s'étonna le grand père. Tu étouffais pour son bonheur !

— Non, non, j'ai tout fait pour son bonheur.

— Oui, oui, répondit le grand père, j'ai bien entendu, peux-tu m'en dire plus ?

— J'ai acheté pour elle une cage en or.

— Une cage en or, ce n'est pas possible !

— Si, si ! s'écria l'homme, fier de lui. Avec tout le confort moderne, elle ne manque de rien, ta petite-fille, je peux te l'assurer.

— Ah ! Ah ! Ah ! Ah ! hurla le grand père, tu as fais ça ! Tu as fais tout ça ! **Ahah**…

Il ne put en dire davantage. Il posa ses deux pattes sur sa poitrine de perroquet et tomba d'un seul coup, comme foudroyé sur le sable de la plage, parmi les coquillages...

L'homme, abasourdi, se sentit soudain très coupable. Il se lamenta :

— Je n'aurais jamais dû lui dire tout le bien, tout le bon que j'ai donné à sa petite-fille. L'émotion l'a certainement terrassé. Ah, quel malheur ! Que vais-je dire à ma perroquette tant aimée ?

On ne devrait jamais dire les sacrifices que l'on fait pour un être aimé.

Il revint dans son pays, arriva devant la cage en or, appela doucement la perroquette.

Celle-ci se leva d'un bond.

— As-tu vu mon grand père ?

— Oui..., balbutia l'homme.

— Tu lui as dit comment je vivais, tout ce que tu faisais pour moi ?

— Oui, mais... je suis très gêné. Jamais je n'aurais dû faire cela. Je n'aurais pas dû obéir à ta demande. Je voulais te faire plaisir.

— Cela m'a fait plaisir, qu'a-t-il répondu ?

— Il n'a pas eu le temps de répondre, soupira l'homme.

— Oui, alors qu'a-t-il fait ? Il n'a rien dit, il n'a rien fait ?

— Il n'a rien dit, seulement **Ah, Ah** !

— Il a seulement fait **Ah, Ah**, il n'a rien fait d'autre ?

— Si, il a dit :

— Tu as vraiment fait tout ça pour elle, pour ma petite fille ?

Puis il est tombé foudroyé sur la plage en faisant **Ahah**.

— Ahah ! j'ai bien entendu, s'écria la perroquette, qui tomba soudain foudroyée, sans un mot de plus, sur la moquette de la cage.

— Mon Dieu, qu'ai-je fait, s'écria l'homme, je n'aurais jamais dû lui répéter cela. J'ai tué mon amour.

Il prit tendrement la perroquette dans ses bras, la porta, en larmes, dans son jardin d'été. Lui qui n'avait jamais pleuré de sa vie.

Il prit tout de suite la décision d'enterrer la perroquette tant chérie près de sa maison, pour la garder, encore un peu, près de lui pour toujours.

Il la déposa sur le sol pour aller chercher sa bêche préférée, n'eut pas le temps de se relever… la perroquette d'un seul coup d'ailes s'éleva dans les airs et se posa sur la plus haute branche d'un chêne, de là sauta sur un hêtre, car elle préférait l'être aux chaînes.

Puis elle dit à l'homme ébahi :

— Merci de tout mon cœur de m'avoir transmis le message de mon grand-père. Merci à toi de me l'avoir rapporté.

— Mais de quel message parles-tu ? sanglota l'homme. Ne pars pas, par pitié, rentre dans ta cage, je te donnerai tout ce que tu me demanderas… Mais quel message t'ai-je donc transmis ? demanda-t-il encore.

— Le message du chemin de ma liberté.

— Reviens, supplia l'homme, reviens, ne t'en va pas, je t'aime, je t'aime, j'ai besoin de toi.

Si tu le veux j'installerai un ascenseur dans ta cage. Je la ferai agrandir, je t'offrirai une île et j'y planterai des cocotiers. Reste avec moi, je t'en supplie !

La perroquette, avant de s'envoler vers le bleu du ciel, lui dit :

— N'oublie jamais mon nom secret : **T'es toi quand tu parles**.

Je t'offre ce nom comme un cadeau. Puisque tu m'as aimée, je te donne le droit de l'utiliser pour toi… ou pour ceux que tu aimeras vraiment.

Puis elle disparut vers **les saisons de sa vie**… qui, comme chacun le sait, n'ont pas d'âge…

Un conte à maigrir debout

Dans ce pays-là, les femmes avaient toutes ou presque toutes le souci d'un corps mince, ou du moins croyaient-elles en avoir le souci. Très tôt dans leur vie, on leur avait laissé croire qu'il leur fallait un corps élancé, sans excédent de formes et de poids.

Dans ce pays-là, les hommes étaient plus sensibles aux corps des femmes qu'à leur regard, plus touchés par leur forme que par leur écoute et bien plus attirés par leur présentation que par leur amour.

Cela bien sûr n'existait sur cette planète que dans ce lointain pays-là.

Dans ce pays-là, donc, comme vous le sentez bien, régnait le terrorisme des kilos. Une guerre à mort sévissait avec violence chez la plupart des femmes, non pas entre elles, mais à l'intérieur de chacune d'elles.

Guerre sans merci, pour avoir du plus là et là et encore un peu ici. Guerre sans pitié pour avoir du moins, là surtout et encore un peu moins ici.

Parfois, il arrivait à certaines d'être dépassées par leur propre volume, de se sentir envahies, dépossédées même, par des kilos en trop, mal répartis.

D'autres encore éprouvaient une véritable haine pour ces kilos trop voyants, du mépris et du rejet pour ces plis, cette graisse insolente. Il y avait en elles une violence terrible contre la lourdeur ou la mollesse de leurs fesses, de leur ventre, de leur poitrine.

Le territoire favori de toute cette haine, de toute cette violence, dans ce pays-là, était les salles de bains, les chambres à coucher, les lieux d'intimité, et bien sûr la table en était le champ de combat privilégié !

Un jour de printemps, dans ce pays-là, une femme décida d'écouter son corps.
— Je ne veux plus passer ma vie à maigrir debout. Je ne veux plus consommer le meilleur de mes énergies pour la peur de manger trop ou pas assez. Je ne veux plus passer des heures vitales à me sentir coupable d'avoir pas assez ou trop, à me sentir redevable de tout. Je ne veux plus passer l'essentiel de mes jours à me demander « pourquoi » je matraque mon corps par tous ces excès de nourriture, de mal-être, dans un sens ou dans l'autre…

Un autre jour, elle entendit un poète énoncer une phrase simple qui l'éveilla :
— J'ai mis longtemps à découvrir que je pouvais soit nourrir ma vie, soit continuer à la consommer. Je préfère pour ma part la nourrir, ajoutait le poète, en arrêtant de la consommer.

Cette phrase la poursuivit plusieurs jours encore, avant qu'elle ne se l'attribue et en prolonge le sens.
— Mais oui, je passe tellement de temps et d'énergie à nourrir mon corps et je ne sais même pas comment nourrir ma vie !

Elle avait enfin compris qu'il n'était plus nécessaire de nourrir son corps pour survivre, pour faire le poids. Qu'il n'était plus souhaitable de faire outrage à son corps, qu'il n'était pas indispensable d'avoir à son égard honte, colère et tristesse.

Qu'elle pouvait croquer sa vie à pleines dents, sans que son corps se sente obligé de faire contrepoids.

Qu'elle pouvait consommer du bonheur, le bonheur d'être entière et vivante.

Le soir-même, elle invita sa propre Vie à sa table.

— Ma vie je t'invite, ce soir tu es mon invitée d'honneur.

Elle mit sa plus belle nappe, deux assiettes, deux couverts, deux verres, deux bougies et prépara un excellent repas.

Elle servit l'assiette de sa Vie en premier, délicatement, en choisissant les morceaux, en soignant la présentation, puis elle jeta à son habitude la nourriture dans son assiette à elle, l'assiette de son corps…

Elle prit sa fourchette, piqua, ouvrit la bouche… allait enfourner le tout… quand elle se ressaisit et mangea en entier, avec plaisir, l'assiette… de sa Vie.

A partir de cette expérience, tout se transforma dans son existence.

Elle sut qu'elle pouvait nourrir sa Vie de mille stimulations, de millions d'inventions, et cela avec créativité et tendresse. Avec une infinitude de petites attentions, de gestes et de regards respectueux pour le compagnon le plus fidèle de son existence, son propre corps.

Elle découvrit qu'elle savait nourrir ce corps de vie, plutôt que d'angoisses et de chagrins.

Elle inventa même une expression bien à elle :

— Se faire chaque jour plaisir et tendresse à sa Vie.

Elle confia à ses amis :

— Je ne pouvais plus continuer à passer ma vie à grossir debout.

Aujourd'hui je vis ma vie sans la consommer, je vis mon existence en lui donnant… vie.

Le conte de la petite fille qu'on appelait toujours « ma grande »

Il était une fois une petite fille qui avait grandi trop vite, trop rapidement. Non seulement dans son corps, dans ses jambes, dans ses bras, mais dans tout le reste.

A huit ans, on lui demandait d'être serviable, attentive, raisonnable.

— De ne pas se plaindre, de ne pas se mettre en colère, de ne pas faire de caprices, de ne pas avoir d'exigences.

D'être grande, quoi !

Ne croyez pas que ses parents étaient des bourreaux. Oh non, ils lui demandaient simplement :

— Fais-nous plaisir. Seulement cela, on ne te demande rien d'autre que d'être gentille, que d'être obéissante... ce n'est pas difficile, ça !

Comme cette petite fille n'avait jamais osé demander quelque chose, elle n'était jamais déçue. Elle ne savait pas si elle était heureuse ou pas. Elle n'avait pas de désir propre. Elle était sans attente. C'était les autres qui avaient des attentes à son égard. Et son plaisir à elle... était de faire plaisir... aux autres !

Du moins l'imaginait-elle. Quelque chose cependant aurait dû l'alerter, car les autres ne témoignaient pas beaucoup du plaisir qu'ils avaient à ce qu'elle soit « *comme elle devait être* ». Pour eux, cela allait de soi.

Pour être tout à fait juste, je dois dire que quelquefois, le soir juste avant de s'endormir, quand elle suçait son pouce, le drap sous le nez, les yeux ouverts dans le noir, un sentiment d'injustice l'effleurait de son aile noire. Oh… à peine !

Elle imaginait aussi qu'il y avait un pays où les petites filles pouvaient être petites longtemps, longtemps. Un pays où les parents écoutaient les désirs des enfants, même s'ils ne les réalisaient pas toujours. Un pays où les enfants pouvaient jouer à être grands, mais seulement jouer… à être grands !

Certains soirs, elle imaginait qu'elle partait pour ce pays, avec un grand sac et qu'elle l'emplissait de rêves, de jeux, de rires et aussi de sanglots.

Car vous l'avez deviné, cette petite fille ne pleurait pas du tout… « puisqu'elle devait être grande ».

La suite de l'histoire est étonnante.

Il faudra que cette petite fille attende d'avoir quarante ans. Vous m'avez bien entendu, quarante ans, pour oser devenir petite, pour oser avoir des désirs impossibles, pour oser pleurer et rire. Pour oser danser et même faire des bêtises.

Elle avait déjà à l'époque des enfants et un jour sa propre fille lui demanda :

— C'est vrai, maman, que tu n'as jamais pu être petite quand tu étais petite ?

— C'est vrai, j'ai vécu comme si je n'avais jamais eu ni le temps, ni l'idée, ni la possibilité d'être petite. Oui, très tôt, lui dit-elle, je suis devenue grande. C'est seulement aujourd'hui que je comprends.

Tout s'est passé comme si mes propres parents

n'avaient pas eu le temps de grandir, quand ils étaient enfants, et que moi je devais être grande pour eux...

Il arrive parfois à des ex-petites filles d'attendre longtemps, longtemps pour oser être enfin petites...

Le conte de Mallodo l'incompris

Mallodo était l'être le plus incompris que la planète Taire ait jamais porté.

Peut-être l'avez-vous déjà rencontré ou croisé dans votre vie, car Mallodo est partout. Le plus souvent il reste discret, il ne se manifeste que par des signes de douleur relativement supportable. Mais d'autres fois il crie, il hurle, il se bloque et refuse net de faire un pas de plus.

Il faut tenter de comprendre un peu Mallodo. Il est incompris, et il ne peut s'exprimer que par la violence. Tout au fond de lui, c'est quelqu'un qui doute, qui a peu de confiance en lui. Il se croit obligé pour être aimé, pour simplement être accepté, de faire pour les autres.

Voulez-vous que je vous dise, la vie de Mallodo est faite de plein d'injonctions qu'il se donne à lui-même.

« Tu dois faire ceci ou cela », « Tu ne dois pas faire pas faire ceci ou cela ».

Auquel il faut rajouter les « IlFoke ».

Ah ! les « IlFoke » qui remplissent son existence.

Dès le matin, avant même d'ouvrir les yeux, il y a déjà plusieurs « IlFoke » dans sa tête.

Mallodo a le sentiment qu'il n'existe qu'avec l'accord ou l'approbation des autres. Bien sûr, il tente de s'affirmer quelquefois, mais comme vous le savez, c'est sur un mode violent. Comme il souffre, il crie fort. Son langage privilégié est à base de fatigue, de lassitude et de souffrances diffuses de la tête aux fesses.

Mais à certains moments, il refuse net, tout se bloque. Impossible de lui faire faire un mouvement.

Mallodo a eu, vous le sentez bien, une enfance non pas difficile, mais pleine de malentendus. Par exemple quand il tentait de se dire, d'exprimer ce qu'il ressentait, neuf fois sur dix, il n'était pas entendu. Je vous donne un exemple simple que vous allez facilement comprendre, vous.

Quand Mallodo était petit et qu'il n'aimait pas la soupe, il tentait de dire à sa maman :

— Maman, je n'aime pas la soupe, je ne veux pas la manger…

Sa mère aussitôt lui répondait :

— Mais elle est très bonne, la soupe, je vais te mettre un peu plus de lait ou de crème…

Elle lui parlait soupe et crème… alors que c'était de lui qu'il parlait. Terrible, cette incompréhension qui se créait. Effroyable, ce sentiment de ne pas être entendu de là où il parlait, c'est-à-dire à partir de lui ! Vous croyez certainement que j'exagère, écoutez la suite.

Quelques années plus tard, quand il tentait de dire :

— Maman, je m'ennuie à l'école, les autres ne sont pas gentils avec moi…

Sa mère :

— Comment ça, pas gentils ! Nicolas et Noémie, je suis sûre qu'ils veulent bien jouer avec toi quand tu es gentil aussi avec eux. Et puis l'école c'est important, tu sais, pour ton avenir, moi si j'avais fait des études…

Et voilà, c'était reparti pour une nouvelle incompréhension. Maman lui parlait des autres, de Nicolas, de Noémie, de l'école… Quand lui-même tentait de parler seulement de lui et de se faire entendre dans ce qu'il ressentait : ennui, désarroi, détresse… et là, il n'était jamais entendu.

Et cela a continué toute la vie de Mallodo :

— Maman, Papa, tu as vu le vélo de Georges, un Peugeot tout neuf, dix vitesses, acier-titane, huit kilos cinq, etc.

— Ah ! je te vois venir avec le vélo de Georges, tu as vu dans quel état est le tien ? Un vélo tout neuf de ton dernier Noël…

Papa faisait tout un discours sur son vélo… au lieu d'écouter *celui qui lui parlait,* lui, son fils Mallodo, bon sang ! C'est si difficile que ça d'essayer d'entendre son enfant quand il vous parle… de lui !

Car ce que voulait dire ce jour-là Mallodo, c'était surtout comment Georges son copain avait eu son vélo acier-titane. En économisant pendant quatorze mois pour pouvoir l'acheter « tout seul », son vélo. Lui, Mallodo, il aurait voulu que ses parents arrêtent de lui faire des cadeaux « tout faits », des « cadeaux affectifs », comme ils disaient eux, en anciens « soixante-huitards attardés ». Mallodo aurait voulu qu'ils lui donnent plutôt de l'argent à ses anniversaires, aux fêtes, car Mallodo avait calculé qu'en économisant seulement treize mois, il pourrait s'offrir « tout seul » une chaîne de haute-fidélité ! Son désir le plus cher depuis longtemps.

Mais comment faire entendre tout cela, quand les adultes qui entouraient Mallodo confondaient toujours « le sujet » : celui qui parle, qui ressent, qui a des choses à dire, et «l'objet», ce dont le sujet parle ! Ah ! oui, on est bien dans une civilisation de l'objet comme disent les journaux à grands tirages, très grands tirages, pensait Mallodo !

Les adultes, les parents en tête, se précipitent comme le sida sur les dragueurs ou sur les hémophiles, ils se précipitent tête baissée, oreilles fermées, yeux grands ouverts, sur ce qu'ils croient entendre.

— Papa, je suis invité à une surboum chez Sylvie, je me réjouis beaucoup…

— Qui c'est, cette Sylvie, à quelle heure la surboum se termine-t-elle ? Et l'école demain… tu y as pensé ?

Qui demanderait à Mallodo de dire « ce que représente cette surboum pour lui, et pour Sylvie surtout » ?

Je ne vous donne que quelques détails, mais vous pouvez imaginer que cela se répétait cent fois par jour, trois cent soixante-cinq jours par an, trois cent soixante-six pour les années bissextiles et pendant dix, quinze, vingt ou trente ans. C'est désespérant pour un enfant, et plus tard pour tout adulte, de vivre sur la Planète Taire, la planète de l'incompréhension !

Car la plupart des gens de cette planète fonctionnaient comme cela. Mallodo lui-même aussi d'ailleurs, personne ne lui ayant appris à communiquer. Personne ne lui ayant enseigné ce que c'est «mettre en commun». Comment voulez-vous qu'il ne se sente pas incompris ? Personne ne lui avait enseigné à ne pas confondre le sujet et l'objet en matière de communication.

Mais le plus terrible pour Mallodo, c'est que, devenu adulte, il pensait être compris au moins par celle qu'il aimait et dont il se sentait aimé. Et puis patatrac, ce fut pire. Pire dans le sens où il ne comprenait pas pourquoi il n'était pas compris.

Un soir en rentrant dans son foyer (ah que le mot est doux !), il ose dire :

— Je n'ai pas chaud, j'ai froid dans le dos…

Il entend son aimée répondre.

— Mais le thermostat est à 24°.

Ce qui voulait dire qu'il aurait dû avoir chaud puisque le thermostat était aussi élevé !

Tout se passait dans la vie de Mallodo comme s'il n'était pas possible de dire son propre ressenti, son vécu à lui, sans provoquer un rejet, un refus, une incompréhension, bref une incommunication.

Et lui aussi pressentait qu'il fonctionnait comme cela, avec le même système.

Quand il avait envie de faire l'amour, le soir avec sa femme, il ne supportait pas qu'elle n'en ait pas envie.

— C'est pas normal, c'est que tu ne m'aimes pas, tu n'as jamais envie, tu es frigide, t'es comme ta mère…

Lui aussi, dans ces moments-là, ne savait pas entendre ce que ressentait l'autre.

Ils avaient passé ensemble un week-end de trois jours à Venise. Il avait eu beaucoup de plaisir. Quand il avait tenté d'en témoigner devant ses amis, sa femme avait dit ce jour-là :

— Je ne me suis jamais autant ennuyée, il faisait un vent humide, le soleil n'est apparu qu'au moment de notre départ, moi j'avais envie de rester à l'hôtel et de lire, loin des enfants, calme enfin, et lui me traînait à pied, en gondole à mazout, dans tous les coins et recoins de Venise, on a passé un après-midi entier dans un cimetière sur une île à regarder des tombes… C'était sinistre !

En entendant cela, Mallodo n'en croyait pas ses oreilles.

Pour beaucoup d'autres événements, chacun avait des vécus différents, mais n'acceptait pas de reconnaître le vécu de l'autre, tellement il était à l'opposé... du sien.

Je ne vais pas insister davantage sur la vie de Mallodo l'incompris. Je crois que vous m'avez compris. Sinon je risque d'avoir des douleurs lombaires...

Oui, Mallodo est notre compagnon le plus familier. Il nous habite et apparaît dès que nous ne nous respectons plus.

Au fond, Mallodo pourrait être considéré comme un ami. Chaque fois qu'il arrive, il tente à sa façon de nous dire :

— Attention, il y a un conflit en toi, pas avec l'autre, mais avec toi-même. Soit tu ne t'es pas respecté, soit tu as voulu faire plaisir, satisfaire l'autre en renonçant à ton propre désir, en oubliant ton propre projet.

Mallodo utilise tout plein de trucs très habiles, douloureux d'accord, pour tenter de nous dire :

— Prends le risque de t'affirmer, renonce à ton besoin maladif d'être approuvé, de rechercher l'accord de l'autre dans tout ce que tu fais ou ne fais pas. Prends le risque d'être plus toi-même...

Je vous le dis, car je l'ai fréquenté longtemps et je l'ai bien connu ainsi que son cousin Maldedo. Voilà le message fondamental de Mallodo l'incompris :

— Ose le risque de te respecter en restant en accord avec toi-même.

Le conte de Régula, la mal nommée

Régula est un drôle de phénomène, avec un caractère imprévisible. Je dirai même lunatique.

Elle menait une vie très curieuse ; quatre à cinq jours par mois à peine, elle se montrait au grand jour, avec hésitation ou parfois de façon intempestive, et d'autres fois encore de façon abondante — ce qui serait le mot le plus juste.

Le reste du mois, Régula ne se manifestait pas. Rien. Pas un signe de vie. Le silence le plus complet. Elle restait à l'intérieur.

Régula avait tout entendu sur elle. On la traitait avec beaucoup de mépris, de honte… Le comportement des autres, des femmes en particulier, était ambivalent.

On ne souhaitait pas réellement sa venue et on s'inquiétait ou on se réjouissait fort dans certains cas de son absence.

Vous l'avez deviné, la vie de Régula était un vrai casse-tête. D'abord sa naissance. Elle arrivait sans prévenir, un dimanche ou un lundi, n'importe quel jour, à n'importe quelle heure. Et quand elle surgissait pour la première fois, il y avait beaucoup d'émotion chez la petite fille qui l'accueillait. Car Régula ne naissait que chez les petites filles dont l'âge variait entre onze ans et parfois seize, dix-sept ans.

Je vous l'ai dit. Elle arrivait sans crier gare, s'installait, se répandait durant trois, quatre, cinq jours. Sa couleur préférée était le rouge — rouge sang — pour tout dire.

Autrefois, on l'accueillait avec des serviettes. A cette époque-là, elle avait de la place.

Aujourd'hui, la plupart des femmes tentèrent de coincer Régula avec des petits tampons qui la comprimaient, la compressaient et l'absorbaient tout à la fois.

Je peux vous dire, elle aurait aimé couler librement, sans retenue, au grand air. Régula ne comprenait ni le mystère, ni la honte, ni les sentiments très contradictoires qui l'entouraient.

Elle aurait aimé être acceptée pour ce qu'elle était, une honnête travailleuse, faisant ou accomplissant son boulot de nettoyage avec courage, ponctualité et rigueur. Régula savait son rôle essentiel à la vie des femmes.

La plupart lui devaient beaucoup sans le savoir, bon sang.

Régula aurait mérité d'avoir une fête... un témoignage de reconnaissance qui montre enfin au grand jour le rôle essentiel qui était le sien.

A la fin de sa vie, quand Régula disparaissait définitivement, beaucoup de femmes se disaient soulagées, et plus encore disaient la regretter. Le rêve de Régula aurait été de trouver un corps de femme qui l'accueille inconditionnellement, sans réticence, sans cachotterie, sans ambiguïté.

Oh ! ne croyez pas qu'elle ait espéré un jour être aimée, cela, elle n'avait jamais pu se l'avouer, au plus profond de son silence, au plus secret de sa détresse.

Si vous m'avez vraiment entendu, vous devez entendre que l'existence de Régula est le symbole de la solitude la plus poignante, celle de ne pas avoir donné la vie.

Quand une femme porte la vie en elle, Régula disparaît pour de longs mois, sans hésiter, sans revendiquer, elle se cache alors derrière la Voie lactée. Quand elle revient triomphante et que le cycle de sa propre existence reprend, elle bouillonne d'impatience d'être respectée, reconnue et pourquoi pas glorifiée !

J'aimerais pour ma part que Régula soit appelée par un nom personnalisé. J'inviterais chaque petite fille, dans les trois mois qui suivent son arrivée au monde, à lui donner un prénom, un petit nom familier qui l'identifie comme un personnage important, unique et respectable.

Je connais une petite fille qui disait « Thérèse est revenue » ou encore « Thérèse ne va pas tarder ». Il y avait beaucoup d'affection entre Thérèse et elle !

Car le dévouement de Régula sera sans limites durant quarante ans de la vie d'une femme.

Ce que je ne vous ai pas encore dit, c'est que Régula est un véritable baromètre pour les états d'âme. Elle est capable de faire mal, très mal au ventre le jour de son retour, quand elle sent que la femme qui la porte se vit mal comme femme ou s'accepte difficilement dans sa féminitude. Elle est comme ça, Régula.

Conte d'une famille loutre qui vivait
sur le principe suivant : ne jamais dire
ce qui n'allait pas et nier les différences

Il était une fois une famille loutre très unie, et vous savez que dans les familles loutres très unies il est très important de nier et de cacher ce qui pourrait désunir.

Cette famille « Tout va Bien » était constituée d'un papa, d'une maman, d'un fils aîné, d'une fille cadette et d'une benjamine.

Dans cette famille, la règle de vie qui s'était installée au fil des ans était « de ne jamais dire ce qui n'allait pas, et de masquer les différences qui pourraient apparaître entre eux ».

Avec un prix à payer : le fait de nier les différences annulait l'unicité et la spécificité de chacun.

Une nuit, puisque les différences étaient niées, le père loutre avait confondu sa fille et sa femme. Oui, ce père avait donc eu des relations sexuelles avec sa fille. Les autres membres de la famille n'avaient rien vu, rien entendu.

Quelques mois plus tard, ce fut le frère qui eut une relation sexuelle avec sa sœur et, là aussi, personne n'en parla.

Les années passèrent. Un dimanche, un jeune loutre étranger arriva dans cette famille, il vit, lui, les différences et apprit ce qui s'était passé entre le père et sa fille, entre le frère et sa sœur. Il invita la jeune fille loutre à parler car il l'aimait réellement. Et c'est ainsi qu'elle osa parler à sa mère.

Celle-ci fut bouleversée de découvrir ce qui s'était passé.

Elle tenta de nier, de refuser cette révélation. Puis elle s'enferma dans un silence blessé, refusant de dormir avec son mari. Le silence lui semblait la seule issue, car elle était épouvantée à l'idée d'avoir à dénoncer son mari. Ensuite elle s'inquiéta pour sa deuxième fille, devenant méfiante, agressive à son égard, mais comme la règle de cette famille, je vous l'ai dit, était de « ne pas dire ce qui n'allait pas ! » elle préféra s'enfermer dans une dépression nerveuse. Ce fut sa façon à elle d'appeler à l'aide.

D'autres années passèrent. Il faut dire que dans cette famille loutre, tous s'aimaient réellement. Ils avaient un amour profond les uns pour les autres, mais l'insupportable était là, présent. Comme un poison au milieu d'eux. Et personne ne prenait le risque de le révéler, de le montrer au grand jour… en mettant des mots dessus.

C'est le propre des familles loutres de garder le silence, en espérant que le temps arrangera les choses !

Un jour, la mère loutre eut un énorme courage, et il lui en fallait du courage, pour faire quelque chose qui ne correspondait pas aux règles de la famille. Elle décida de parler à chacun, de rappeler qu'il y a des différences entre les membres d'une même famille. Elle se positionna vis-à-vis de sa fille, de son fils et de son mari.

— Je te vois bien, ma fille, comme ma fille, comme la sœur de ton frère et de ta sœur, je te vois comme la fille de mon mari qui est aussi ton père.

A son fils elle dit :

— Je te vois, mon fils, comme le frère de tes sœurs et comme le fils de mon mari, qui est ton père.

Le plus difficile fut de dire à son mari :

— Je te vois comme mon mari et comme le père de mes enfants.

C'est vrai que j'ai été blessée par les transgressions que tu as faites en osant vivre des relations qui ne t'appartenaient pas avec ta fille.

— C'est vrai, dit-elle encore à son fils, que je me suis sentie en danger quand j'ai découvert que toi, mon fils, tu avais eu des rapports avec ta sœur, rapports qui auraient dû être réservés à une femme étrangère à la famille.

Je veux dire aussi aujourd'hui à chacun quelque chose que j'aurais dû énoncer il y a longtemps :

— Chez les loutres il existe un interdit spécial, particulier et commun à toutes les familles loutres, l'interdit DE L'INCESTE ! Aujourd'hui, par ma parole, je voudrais rappeler les liens que nous avons entre nous et je souhaite qu'en aucun cas à l'avenir ces liens ne soient transgressés.

En disant tout cela, elle sentait bien qu'elle disait l'essentiel, qu'elle retrouvait une parole structurante. Une parole qui avait tant manqué à cette famille.

La plus étonnée fut la plus petite des filles, qui avait des difficultés de sommeil (alors que les loutres doivent dormir beaucoup). Elle retrouva un sommeil profond, sans médicaments et fit même des rêves bleus !

C'est vrai qu'il faut beaucoup de courage pour montrer les différences, pour sortir d'un système dans lequel on a vécu si longtemps. Il faut du courage pour rappeler les liens qui peuvent unir ou diviser une famille.

Ainsi se termine le conte de la famille loutre qui avait voulu nier les différences.

Quand l'asthme surgit dans la vie d'un enfant, il est souvent le signe d'un conflit interne, impossible à se dire autrement que par la traduction d'une immense culpabilité.

« J'ai tout fait pour lui, pour elle… »

Le conte de la petite libellule qui avait
une toux chronique

Il était une fois une petite libellule habitée par une toux chronique, ce qui veut dire qu'elle toussait sans arrêt et surtout à n'importe quel moment. Ce qui est très, très gênant quand on est libellule, comme vous pouvez l'imaginer, et quand cela vous arrive en plein vol !

Imaginez le chaos, les zigzags, les hauts et les bas, les tête-à-queue, les loopings. C'était épouvantable pour cette petite libellule.

Ainsi, le jour où elle avait voulu dire bonjour à « un » libellule de son âge. Elle s'approcha de lui, se mit à tousser et à pousser des cris de libellule incohérents, qui voulaient dire :

— Bonjour, c'est la première fois que je vous vois…

Elle hoquetait, battait des ailes de façon désordonnée, si bien que « le » libellule effaré crut qu'elle était folle et s'enfuit à tire-d'aile, loin d'elle.

Il faut vous dire cependant que cette petite libellule vivait encore dans sa famille. Elle avait un amour incroyablement fort pour son papa. C'était un amour plus grand que son corps de libellule, qui débordait de partout, elle n'arrivait pas à le contenir. Et bien sûr, cet amour, elle n'arrivait pas à le dire, avec des mots simples comme :

— Tu sais, papa, je t'aime très fort, si fort que mon corps parfois me semble trop petit pour contenir tout mon amour pour toi !

Non, elle ne savait pas dire des mots comme cela, aussi que faisait-elle ? Eh bien, elle retenait son amour, elle le gardait tout au fond, en elle, tout caché. Mais il y avait aussi une autre raison, c'est qu'elle craignait de faire de la peine à sa maman si elle disait ce grand amour qu'elle avait pour son père.

Oh ! ne croyez pas qu'elle n'aimait pas sa maman, oui elle l'aimait, elle l'aimait beaucoup, tout plein, mais vous sentez que « tout plein » ce n'est pas pareil que « très, très fort » ! Ce n'était pas la même chose, ce n'était pas le même amour.

Car il y a deux sortes d'amour chez les libellules : l'« amour inquiet » et les « amours libres d'inquiétude ou non inquiètes ».

Avec sa mère c'était un amour sans problème. Elle se savait aimée par elle, aussi c'était un amour sans danger, pas menacé du tout.

Tandis qu'avec son père, ce n'était pas la même chose ! Son amour pour lui était toujours en insécurité, pas très sûr. Je veux dire qu'elle n'était pas sûre, elle, d'être aimée aussi fort... par son papa !

Pour sa mère, pas de problème, c'était OK ! Mais pour papa, là c'était plus difficile. Comment dire cela le plus simplement possible ? Elle n'était pas à l'aise avec lui, il y avait comme une retenue, comme un doute, il lui faisait un peu peur. Même quand il la prenait sur ses genoux et qu'elle lui fourrait ses doigts dans les oreilles. Oui, oui, c'est un jeu de libellules !

Vous comprenez alors pourquoi elle cachait son amour, tout comprimé dans sa poitrine de libellule. Vous savez, c'est étroit une poitrine de libellule, tout menu, tout mince, avec une palpitation comme ça du côté du cœur, toute douce, toute douce.

Et souvent cet amour-là pour son père l'étouffait. A tel point que souvent elle laissait sortir sa toux. Oui, sa toux, vous l'avez compris avant moi, c'était le trop-plein de son amour pour papa !

Personne n'avait compris cela avant. Ni le médecin des libellules qui avait dit d'une voix grave :

— **C'est-une-toux-asthmatique-chronique.**

Ni les parents, bien sûr, qui la faisaient soigner (soi-niée !) avec des tas de médicaments : pilules, cachets, pchitt-pchitt, etc.

Eux, les parents, **voulaient faire taire à tout prix cette toux.** Sans comprendre, les malheureux, qu'avec cette toux la petite libellule disait un immense amour, un amour trop grand pour son père. Qu'elle disait aussi sa peur de blesser sa maman en montrant cet amour disproportionné pour papa.

Alors me direz-vous, comment tout cela va-t-il se terminer ? Je vais vous le dire, mais c'est un secret de libellule.

Un jour la petite libellule s'approchera de l'oreille de sa maman et lui chuchotera :

— Tu sais, maman, je t'aime comme une maman. Et papa, je l'aime comme un papa. Mais je ne sais pas pourquoi, je n'y peux rien, tu sais maman, je l'aime des fois comme deux papas et des fois comme trois papas ! Tu crois que c'est grave, maman ?

La mère prendra sa petite libellule dans ses ailes de libellule et lui dira :

— Merci de m'avoir parlé, je comprends enfin pourquoi tu tousses tout le temps. C'est ton amour trop grand pour ton père qui est resté trop longtemps enfermé dans ta poitrine. Tu as le droit d'aimer ton père aussi fort que tu peux.

Moi je me sens aimée par lui très fort et je sais qu'il a aussi un amour pour toi, même s'il ne sait pas le dire. L'amour qu'il a pour toi n'est pas le même que celui qu'il a pour moi.

Ce sont deux amours différents.

Vous devinez la suite. La petite libellule n'eut plus de toux du tout ! Oui, du tout, du tout de toux.

Ainsi se termine le conte de la petite libellule qui avait un amour si fort qu'il ne pouvait être contenu dans sa poitrine.

Quand les parents se séparent, certains enfants se voient comme mauvais, responsables de la rupture, de la souffrance de l'un ou de l'autre.

Car beaucoup de séparations n'arrêtent pas le conflit qui se poursuivra parfois des années durant avec comme enjeu... l'enfant.

Des blessures tenaces perdurent dans l'affectivité et la vie amoureuse d'ex-petits garçons, d'ex-petites filles qui ont tôt découvert que tout l'amour qu'ils avaient pour papa, pour maman n'avait pas été suffisant... pour le retenir, pour la retenir. Des doutes s'inscrivent...

Le conte du petit loup qui volait
tout ce dont il n'avait pas besoin

Je ne sais si vous le savez déjà, mais je dois, à propos des loups, vous communiquer deux choses importantes :

* Les loups sont très fidèles ; quand un loup choisit de vivre avec une louve, ils ne se quittent jamais.

* Les loups, qui sont des êtres libres, ne volent jamais.

Cela dit, je vais vous parler de ce petit loup que nous appellerons Mienda, c'est un nom de loup qui veut dire le courageux. Mienda, donc, vivait des choses difficiles dans sa vie d'enfant loup. D'abord son père et sa mère, après avoir vécu ensemble, fait une louvette, sa sœur, puis lui, s'étaient séparés. Oui, c'est très rare, cela arrive parfois quand un loup et une louve découvrent que vraiment ils ne peuvent plus rien partager, que trop de choses les séparent. Bref, qu'ils ne s'entendent plus :

— Si l'un veut que le terrain de chasse soit ici, et que l'autre le veut là-bas.

— Si l'un invite toujours des amis à la maison, je veux dire à la tanière, et que l'autre a besoin au contraire d'intimité.

— Si l'un regarde toujours la télévision, alors que l'autre voudrait faire des choses avec le premier, comme écouter de la musique, lire l'un près de l'autre ou se parler dans le langage des loups.

Dans ce couple de loups, la louve voulait voyager, découvrir des pays, et le loup ne voulait pas.

Comme vous le voyez, ces deux-là, les parents-loups de Mienda, avaient eu beaucoup de mal à garder une relation vivante, à pouvoir rester ensemble sans se disputer.

Ils s'étaient donc séparés.

Le petit loup et la louvette étaient restés chez la maman louve. Bien sûr, le papa loup apportait, chaque fois qu'il le pouvait, un daim, un renne ou d'autres animaux qu'il avait capturés. Il aidait autant qu'il lui était possible son ancienne famille. Et même si Mienda ne le savait pas, il les protégeait de loin. Il veillait à ce que rien ne leur arrive. Les autres loups n'auraient jamais fait de mal à la maman de Mienda.

Mais, depuis le dernier printemps, la situation avait beaucoup changé. Le papa de Mienda s'était remarié avec une autre louve. Depuis, Mienda s'était mis à voler, à chaparder dans les tanières des autres loups du voisinage.

Ce qui est exceptionnel, je vous l'ai dit, car les loups ne volent pas. Oui, le petit loup Mienda, dans sa tête de loup, espérait (mais jamais il ne l'aurait avoué) qu'ainsi il ferait revenir son papa et sa maman ensemble. C'est courageux pour un petit loup de faire ça ! Car en volant il risquait de se faire rejeter par les autres loups, il risquait même de se faire enfermer.

Quand on sait ce que représente la liberté pour un loup, se faire enfermer !

Oui, Mienda prenait ce risque, tellement il croyait pouvoir à lui tout seul faire revenir son père auprès de sa mère. Je vous ai dit que Mienda veut dire « le courageux » dans le langage des loups.

Je dois vous dire aussi le plus secret de cette histoire. Tout au fond de lui, Mienda avait une autre peur. Si papa s'était remarié, alors maman pouvait aussi le faire. Et ça, voyez-vous, Mienda imaginait qu'il ne pourrait le supporter. Un autre loup à la maison, à la tanière de Maman : jamais !

Ce que Mienda va faire, je ne le sais pas ! Continuer à voler, ou accepter de grandir et de devenir un vrai loup à son tour ?

Oui, je vous le dis, c'est difficile pour Mienda. Il vit une situation trop douloureuse, il se débat dans plusieurs situations en même temps.

Je crois que Mienda va parler à son père des peurs et des colères qu'il a en lui. Je crois que son papa peut l'entendre sans faire à son tour une colère de loup.

Car de parler ensemble chez les loups, cela enlève beaucoup de peurs et de souffrance. Cela apaise beaucoup de malentendus.

Le conte du papa Hérisson Kycétou,
et de la maman Hérisson Kycétouf

Il était une fois, au pays des hérissons, une famille Hérisson.

Je précise que le hérisson est un animal utile, car il détruit les insectes, les vers, les mollusques, les reptiles, et sous sa carapace de piquants il dissimule un trésor, les trésors ne sont-ils pas toujours bien gardés ? Peut-être le découvrirez-vous au long de cette histoire.

Monsieur Hérisson, grand, fort et tous piquants dehors, se prénommait Papakycétou (c'est un nom très courant chez les hérissons). Madame Hérisson, silencieuse et solide, s'appelait Mamamboule. Ses six petits hérissons n'en perdaient pas une miette et ne la quittaient pas des yeux.

Père Hérisson savait énormément de choses et ses petits n'avaient qu'à bien l'écouter, sinon il se mettait à parler trop fort et leurs petites oreilles se repliaient, terrorisées.

Du coup, ils devenaient craintifs et se réfugiaient sous Mamamboule. Elle se tenait parfois un peu à l'écart de son époux car il avait son caractère bien à lui. Il était très fidèle au-dedans comme au-dehors et il apprenait à ses enfants que ce n'était pas pour rien qu'ils avaient tous un nez pointu. Voilà ce qu'il leur disait : « Votre nez pointu vous servira, quand vous serez grands, à tout sentir, à tout connaître et à tout reconnaître. »

Et il ajoutait : « Mais pour cela, il faut d'abord m'écouter, car ce que je vous dis, c'est la Vérité. » C'est une loi chez les hérissons, les pères ne disent que la Vérité.

Dans d'autres pays, il existe d'autres pratiques, certaines sont des fantaisies nommées « mensonges ». Avec cela, on peut obtenir parfois quelques facilités, plus de douceur, quelques caresses. Mais a-t-on vraiment envie de caresser un hérisson ? Vous ne rencontrerez pas le mot « caresse » dans le dictionnaire des hérissons, chez eux ce n'est pas possible ! Seules les vérités de Papakycétou font la loi. En dehors du chemin tracé par leur Papa, les petits hérissons n'avaient pas le choix, n'osaient pas s'aventurer, ils s'ennuyaient un peu. Il y avait plein de tentations sur les côtés de ce chemin de « vérité » : coccinelles rouges flambant neuves, fourmis intrépides, blattes insidieuses, vermisseaux vigoureux, tendres limaces, tout cela leur semblait fantastique. Mais dès que l'un deux faisait une tentative pour sortir du chemin, Papakycétou d'un coup de patte y remettait bon ordre. Car, disait-il, « tel ver n'était pas assez grand », « tel scarabée était encore trop vert », « telle chenille était trop poilue ». L'apprentissage chez les Hérissons ne se faisait qu'à coups de patte, c'était comme ça. Mamamboule n'y pouvait rien, elle se taisait et ses amies l'appelaient entre elles « Mamamkycétouf » (mais cela ne plaisait pas à son mari).

On pourrait croire qu'avec toute sa « sé-vérité », ce

papa Hérisson aimait bien peu ses enfants. C'est complètement faux. Il les adorait. Il voulait le mieux pour eux et pour sa femme. Il suait sang et eau, pour qu'ils ne manquent de rien. Vous pensez, ils étaient six bouches à nourrir et il fallait courir tout le temps pour attraper une mouche par-ci, un ver par-là, un doryphore et que sais-je encore, tout ce qu'il faut en vitamines et en sels minéraux pour qu'ils puissent devenir tous malins et costauds. Il se donnait corps et âme pour cela. Cependant, comme tous les autres papas de tous les autres mondes, il n'était pas encore parfait et une chose le mettait hors de lui. Il ne supportait pas, mais alors pas du tout, qu'un seul de ses enfants lui donne du fil à retordre. Aussi quand cela arrivait, il entrait dans des rages folles, arrachait tout sur son passage, déracinait même les pissenlits. Mamamboule, terrorisée, ne comprenait pas ce qui arrivait à son cher mari, si intelligent, généreux, dévoué d'habitude. Pourtant, elle avait déjà remarqué que, chaque fois qu'il était contrarié, cela déclenchait le même cataclysme, bien qu'aucun d'entre eux ne trouve cela « drôle ». Une colère de hérisson en colère, cela ne manquait pas de piquant(s) !

Mamamkycétouf se fatiguait énormément à rester le plus longtemps possible en boule pour mieux protéger ses petits. Malgré cela, les enfants Hérissons grandissaient tout en aimant leurs parents. Ils comprenaient au fond pourquoi c'était comme ça. Papakycétou avait su le leur expliquer. Mais montrer leur affection, leur tendresse, cela ils ne le pouvaient pas car, comme vous le savez déjà, chez eux les caresses ça n'existait pas. L'amour qu'ils avaient les uns pour les autres, « ils se le gardaient à l'intérieur » et plus ils aimaient quelqu'un et plus leurs piquants poussaient et devenaient forts.

C'est comme cela qu'ils deviennent grands et solitaires, les hérissons. Auriez-vous déjà vu chemin faisant deux hérissons ensemble ? Ce serait un miracle !

Papa et Maman Hérisson s'étaient finalement donné tant de peine à l'ouvrage pour élever leurs six petits qu'un jour ceux-ci furent assez résistants et que Papa Hérisson donna son autorisation pour les laisser partir.

Madame Hérisson se retrouvait seule avec Papakycétou. Enfin ! se disait-elle, nous allons pouvoir penser à nous, être tranquilles museau contre museau, bavarder et peut-être découvrir autre chose. Patatrac ! Voilà que Monsieur Hérisson, n'ayant plus d'enfant à guider, plus de mouche à capturer que pour lui, plus de ver à découvrir que pour se distraire et une Mamamboule le regardant tout le temps, devint sombre et de plus en plus sourd. Rien ne pouvait enrayer sa tristesse, égayer ses journées. Il se désespérait, se desséchant sur place, et plus personne au monde des hérissons ne savait comment le tirer de cette grisaille.

Un matin, Monsieur Hérisson, complètement usé par ses idées noires, courbaturé par ses envies de pleurer, malade de toutes ses douleurs de petit enfant hérisson qui lui remontaient dans la tête, gagna le bord de l'autoroute. Il le savait, le choc serait fatal.

Une dernière fois il se mit en boule et de toutes ses forces tendit ses piquants vers ce dehors qui lui faisait si mal et ferma les yeux en attendant la fin.

C'est alors qu'il entendit, venue de très loin, une voix minuscule. C'était celle de son cœur enchaîné aux cœurs de tous les siens par la loi des hérissons. La voix était très douce, apaisante, belle comme une musique. Il se laissa envahir par elle et, guidé par la mélodie, il retourna vers son abri. L'entrée en était tout éclairée. Mamamboule souriait, leurs six grands enfants, revenus pour un temps, étaient là rassemblés. Ils firent une ronde autour de lui, se serrèrent très fort, ne formant plus qu'une superbe boule épineuse. De l'intérieur où régnait une chaude tendresse, filtrait une symphonie enchanteresse. De l'extérieur, c'était comme un petit soleil égaré dans l'univers. Un subtil parfum très divin s'éleva dans les airs.

De ce flux de douceur échappé du cœur de tous les siens, une belle histoire s'épanouit.

Papa Hérisson se sentit revivre, s'aperçut à quel point il était important pour eux, même s'il était devenu vieux et inutile, croyait-il (c'était son idée fixe). Dans son émoi il comprit enfin qui il était vraiment, il tomba amoureux de la Vie.

Alors, ce trésor bien gardé, l'avez-vous trouvé ?

Offert par Jeannine Bernard.

Le conte du petit bouquetin qui avait eu
très peur de perdre son zizi

Oui, c'est une histoire extraordinaire que je vais vous raconter, car ce petit bouquetin avait eu une grande peur dans sa vie !

Oui, oui, les bouquetins, comme les petits chamois, comme les cerfs, comme tous les animaux qui vivent en liberté, tiennent beaucoup à leur zizi, aussi curieux que cela paraisse. Vous savez pourquoi ?

Parce qu'ils n'en ont qu'un, que c'est fragile un zizi, précieux même et surtout parce qu'ils savent qu'il y a plein de plaisir possible tout autour.

Vous dire déjà ce qui était arrivé à ce petit bouquetin. Un jour qu'il se promenait dans la montagne… mais en vérité cela commence bien avant. Il faut que je dise quelque chose que ce petit bouquetin n'avait jamais dit à personne.

Un jour que sa maman le langeait, aidée par sa petite fille qui s'intéressait beaucoup à son petit frère bouquetin, elle s'était énervée, en disant :

— Oh ! c'est pas facile avec ce truc-là !

Elle parlait de la couche qui ne voulait pas tenir, mais la petite sœur qui était à côté, croyant qu'elle parlait du zizi du petit frère, dit aussitôt à sa maman :

— Ne t'inquiète pas maman, il tombera aussi un jour !

Puis elle courut jouer en pensant à autre chose.

Les petites bouquetines, vous devez le savoir, je n'ai pas besoin de vous faire un dessin, n'ont pas de zizi parce que leur sexe à elles, eh bien, il est à l'intérieur, entre leurs jambes, tout secret, tout chaud, tout doux. Cette petite bouquetine croyait à cette époque que le zizi des filles tombait après que les mamans arrêtent de donner le sein.

Elle croyait que c'était ce qui lui était arrivé à elle. Et donc, que cela devrait arriver à son frère, normal non !

Le petit bouquetin, lui, avait bien entendu le commentaire de sa sœur car les bébés bouquetins entendent tout. Ils entendent même des fois ce qui n'est pas dit. C'est comme ça, les bébés bouquetins.

Lui donc, il avait eu très peur, il avait pensé dans sa tête de bouquetin :

— Il ne faut pas que mon zizi tombe.

Et vous savez ce qu'il faisait ? Eh bien la nuit, et même le jour quand il sautait dans la montagne, il se tenait le zizi à deux mains, je veux dire à deux pattes.

Pour la nuit ça va encore, mais pour le jour ! Vous imaginez-vous un bouquetin tout vivant, courant, sautant, jouant dans la montagne et qui se tient le zizi à deux pattes pour ne pas le perdre ?

Vous imaginez la scène, vous qui lisez ou écoutez cette histoire !

Vous ne pouvez pas savoir le nombre d'accidents qu'il avait dû éviter ! Car ce n'est pas facile de se promener dans la vie, dans la montagne, à l'école des bouquetins… en se tenant toujours le zizi de peur de le perdre.

Un jour il lui était arrivé une chose effroyable. Il sautait au-dessus d'un buisson, et voilà que son zizi est resté accroché au buisson ! Oui coincé, comme si le buisson avait attrapé le zizi et ne voulait plus le lâcher.

Impossible de le décrocher, on avait appelé le docteur des bouquetins, les pompiers des bouquetins, l'ambulance. Le petit bouquetin avait très peur, mais il ne disait rien, il serrait les dents, gardait ses pleurs dans sa gorge, il était terrorisé.

Heureusement, heureusement que son zizi s'est décroché avant l'arrivée de tout le monde. Heureusement.

Depuis, il tient encore plus fort son zizi. S'il pouvait, il le tiendrait avec ses quatre pattes. Mais alors comment marcher, comment aller dans la montagne ? Ce n'est pas une vie de bouquetin, ça !

Il s'interroge beaucoup, ce petit bouquetin. C'est normal qu'il tienne à son zizi, c'est normal ! Personne dans sa famille ne lui a dit :

— Tu sais, le zizi des bouquetins, il ne tombe jamais, il grandit même.

Non, personne ne lui a dit cela.

Durant cette période, la maman bouquetin et le papa bouquetin furent très inquiets car ils s'imaginaient que leur enfant était gravement perturbé. Ils avaient même discuté entre eux de l'envoyer voir un psychologue ! Moi, je crois que ce n'est pas nécessaire.

Je ne sais comment se termina cette histoire. Je peux imaginer que si ses parents ne lui parlent pas, le petit bouquetin dira lui-même à son zizi :

— Tu sais, je tiens beaucoup à toi, vraiment beaucoup, tu es très important pour moi, j'espère qu'on va vivre longtemps ensemble, tous les deux ensemble.

Mais au fond je ne sais pas s'il osera dire cela à son zizi...

Ainsi se termine le conte du petit bouquetin qui avait très peur de perdre son zizi...

J'ai tenté, dans ces contes, de mettre en évidence les contradictions que nous proposons parfois comme adultes à nos enfants, les doubles messages ou les attentes excessives liées à nos peurs et à nos désirs en situation parentale.

J'ai essayé aussi de traduire la difficulté d'une rencontre réelle entre mère et fille, entre un père et son enfant.

Le conte de la petite fille qui voyait sa
mère comme un monstre à neuf têtes

Il était une fois une petite fille appelée Ellaelle, qui voyait sa mère comme un monstre horrible à neuf têtes. Bien sûr, sa mère était une mère normale, comme beaucoup d'autres, mais Ellaelle la voyait vraiment comme un monstre à tête changeante. Chacune de ses têtes représentait une violence, une menace et un danger pour la petite fille.

Voici la description succincte de chacune des neuf têtes :

1 — Une de ces têtes, par exemple, disait toujours le contraire de ce que disait la petite fille.

« T'es pas folle de dire ça. »

« Décidément, on ne peut rien te laisser faire, tu fais toujours des bêtises. »

« Tu veux toujours me contredire. »

2 — Une autre poussait des cris horribles chaque fois que la petite fille faisait quelque chose pour elle-même. Elle devait faire pour les autres, seulement pour les autres, jamais pour elle-même !

3 — Une autre tête donnait des coups. Elle tapait

violemment sur le dos, sur les fesses, sur le ventre et même sur la tête de la petite fille chaque fois que la mère était contrariée, ce qui arrivait souvent.

« Ah ! tu n'es bonne à rien, tu es capable de tout, je devrais te corriger plus souvent. »

4 — Une autre tête n'arrêtait pas de critiquer, de disqualifier, d'accuser et surtout de culpabiliser la petite fille.

« C'est à cause de toi que ça ne va pas avec ton père. »
« Si je suis malheureuse, c'est parce que tu n'en fais qu'à ta tête ! »
« Tu n'arriveras jamais à rien, avec le caractère que tu as, personne ne voudra de toi. »

5 — Une autre tête parlait, parlait, parlait sans arrêt. Des centaines de mots envahissants occupaient tout l'espace, des choses mille fois dites et redites, répétées. Et la petite fille, qui se forçait à écouter, se perdait dans les paroles de sa mère.

« Personne ne me comprend, disait cette tête-là, c'est toujours moi qui dois comprendre, je passe ma vie à faire pour les autres et l'on voudrait que je sois heureuse. Un jour je me tuerai si ça continue, mais ça leur ferait trop plaisir. Je leur ferai voir, moi, de quoi je suis capable… »

6 — Une autre tête avait toujours un regard très sévère, plein de jugements. Quoi que la petite fille fasse, ce n'était jamais cela qu'elle aurait dû faire !

« Ah ! on ne peut pas te faire confiance, c'est terrible, tu aurais pu mettre la table plutôt que de faire tes devoirs. Va plus loin, plutôt que de rester dans mes jupes mais ne t'éloigne pas, que je te voie, car je peux avoir besoin de toi. »

7 — Une autre des neuf têtes comparait toujours avec sa sœur !

« Ta sœur, elle ne m'aurait pas fait de la peine, elle… On n'a pas besoin de lui dire toujours la même chose, elle comprend vite, elle, je me demande vraiment de qui tu tiens ? »

8 — Une autre tête se plaignait de sa condition de mère.

« Je ne suis pas heureuse, j'aurais pu avoir une autre vie. Si tu n'étais pas là, j'aurais refait ma vie… ! »

9 — Une autre tête traitait le père de menteur, de pauvre type, de faible d'esprit.

« On ne peut rien lui demander, il laisse tout faire. »
« Mais qu'est-ce qui m'a pris le jour où je l'ai rencontré ? Je devais être aveugle, ce n'est pas possible. »
« Qu'est-ce qui m'oblige, je me le demande, à rester avec un homme qui n'en est pas un ? »

Cette petite fille était vraiment en difficulté car elle ne savait pas à quelle tête obéir.
Quand elle choisissait de satisfaire la première tête, c'était la troisième et la cinquième qui n'étaient pas contentes.

Quand elle faisait son possible pour satisfaire la quatrième ou la sixième, c'était la septième et la neuvième tête qui se manifestaient.

Cette petite fille avait même imaginé de devenir folle pour échapper à toutes ces têtes. Elle avait rêvé de devenir nulle, inintelligente, inexistante. Oui c'est ça :

« Ne pas exister pour ne plus souffrir. »

Et puis le temps a passé. La petite fille avait grandi, elle était devenue femme et un jour à son tour elle porta un bébé dans son ventre. Alors une horrible peur naquit en elle.
« Est-ce que moi aussi je vais avoir neuf têtes monstrueuses quand j'aurai mon enfant ? »

Elle faisait des cauchemars. Elle se voyait avec ses neuf têtes horribles et en même temps son bébé qui fermait les yeux pour ne pas voir cela. Elle imagina même qu'elle ne devrait pas garder son bébé.

Une nuit cependant elle fit un rêve. Dans son rêve, il y avait sa mère avec ses neuf têtes. Mais au centre du monstre à neuf têtes, il y avait une petite fille apeurée, les yeux grands ouverts, les poings serrés, la bouche crispée, le souffle retenu, la peau froide de peur. Et cette petite fille, qui ressemblait à une photo qu'elle avait vue dans l'album de sa mère, la regardait silencieuse comme à travers une glace. Tant de choses les opposaient qui n'avaient jamais été dites, parlées ! Un immense gouffre semblait séparer la petite fille qu'avait été sa mère il y a si longtemps, avec ses cheveux courts, et elle-même avec ses grands cheveux longs. Un gouffre infranchissable empêchait tout rapprochement. Au matin, Ellaelle se réveilla en pleurs.

A partir de ce rêve, elle sut qu'elle demanderait à sa mère de lui parler de la petite fille qu'elle avait été. Elle imagina un dialogue possible.

— Dis-moi comment tu vivais à 8 ans ? En qui avais-tu confiance ?

Avais-tu un petit ami à mon âge ? Qu'est-ce qu'elle aimait, ta maman à toi ?

En se proposant de « rencontrer » la petite fille qu'il y avait encore dans sa mère… Ellaelle était sûre que cet échange lui permettrait de découvrir « qui était réellement la mère qu'elle avait ».

La suite de l'histoire, comme beaucoup d'histoires de parents, je ne la connais pas. Car c'est toujours un étonnement de découvrir au-delà des apparences, au-delà des neuf têtes à multiples visages, le cœur d'une personne, la sensibilité, les richesses cachées d'un être blessé dans son enfance.

Une certitude, chaque mère porte en elle une petite fille meurtrie ou apeurée, une petite fille joyeuse et vivante qui cherche encore sa place, bien des années après l'enfance.

Le conte du petit chameau qui en voulait
tellement à sa mère d'avoir toujours soif…

Cette histoire se passe au pays des chameaux qui, comme chacun sait, sont des êtres ou des animaux, comme on veut, extrêmement intelligents et surtout, surtout très sensibles.

Le pays des chameaux, le pays favori des chameaux c'est le désert. Et dans cette partie très éloignée du désert vivait une famille chameau composée de deux chamelles, une mère et une fille, et de trois chameaux, un père et deux fils.

L'histoire que je vais vous raconter se passe en apparence essentiellement entre la mère et un des fils, et c'est une histoire douloureuse comme beaucoup d'histoires de famille où se mêlent des sentiments forts, des incompréhensions, des blessures cachées.

Mais que se passait-il exactement dans cette famille ?

Disons d'abord comment ils vivaient. Cette famille était intégrée à un grand troupeau constitué de plusieurs familles de chameaux. Avec des habitudes, des modes de vie, des façons de vivre ensemble, de travailler et en particulier d'accompagner des caravanes de sel ou de produits fabuleux comme du gingembre, de la soie, des rêves d'océan... Bref, tout ce que transportent habituellement les caravanes.

Et dans cette famille chacun à sa façon faisait son travail de chameau tout en vivant sa vie de chameau.

Mais il se trouvait que la maman chameau avait en elle une sensibilité particulière. Elle ne se reconnaissait pas toujours dans les habitudes, les modes de vie de sa tribu. Souvent, il lui arrivait de partir, de se détacher du troupeau, de quitter provisoirement sa famille et même la caravane. Elle partait seule vers d'autres coins du désert où personne n'était jamais allé, elle allait vers des oasis inconnues, un peu magiques, dont les membres de sa tribu avaient à peine entendu le nom. Elle allait vers des montagnes et des vallées, vers des chemins ignorés de la plupart des autres chameaux...

Évidemment cela posait quelques problèmes, surtout à sa famille et encore plus à son fils, qui ne supportait pas du tout cela, mais pas du tout alors.

Les chameaux, c'est bien connu, sont réputés pour n'avoir jamais soif quand ils traversent les déserts parce qu'ils sont capables de faire de grandes provisions d'eau dans leur bosse, justement. Mais la particularité de cette maman chameau, c'est qu'elle avait toujours soif ! Une soif extraordinaire de découvrir non seulement des connaissances nouvelles, mais aussi des sentiments ou des sensations, des perceptions inconnus. Elle avait une soif terrible d'exister.

Pour tout dire, cette soif était en elle comme une immense fringale de vie. Tout cela bien sûr était mal entendu dans sa tribu, mal compris et donnait lieu à des commentaires, à des réactions, à des agressions même.

Mais, me direz-vous, en quoi tout cela concerne-t-il son fils le petit chameau ? Eh bien justement nous y sommes. Car lui vivait mal les départs de sa mère. Plein de sentiments se mélangeaient en lui, de la colère, du désarroi, des doutes. Chaque fois que sa maman s'éloignait… il en voulait à son père, le papa chameau.

Oui, chez les chameaux les sentiments se déplacent, ils sont souvent déposés sur un ou sur une qui n'en est pas l'objet direct… Il ne l'avait jamais dit, tellement il craignait de lui faire de la peine, tellement il aimait son père. Je vous l'ai dit, les sentiments d'un petit chameau sont très complexes, contradictoires. Comme s'il reprochait à son père, silencieusement, bien sûr (c'est pour cela que c'était si épuisant pour lui), comme s'il lui reprochait :

— Toi Papa, toi mon Père, toi le mari de ta femme, tu devrais être capable de la retenir, de l'empêcher de partir tout le temps comme ça, pour elle…

Il aurait voulu que le père empêche la mère de partir, voilà ce qu'il aurait voulu !

Il ne savait pas que ce n'était dans le pouvoir d'aucun chameau. Car aucun sentiment, aucun amour, aucun dévouement, aussi fervent soit-il, n'aurait pu retenir la maman chamelle dans sa faim de savoir, dans sa soif de connaissances.

Oui, cet enfant n'avait pas comme mère une chamelle attachée à ses casseroles, à son feu de bois ou à une botte de paille, mais une chamelle unique avec en elle une soif de voyages, inextinguible. C'était bien cette mère-là qu'il avait… et pas une autre plus conforme à ses désirs ou à ses peurs.

Un jour de grand orage (il pleut parfois dans le désert, il y a aussi des orages terribles qui changent le cours des pensées), un jour donc, le petit chameau regardait attentivement sa mère. Il plongea son regard tout au fond du sien, et soudain il sentit comme une évidence, une certitude qu'elle serait toujours sa mère. Quelles que soient les découvertes qu'elle ferait, quels que soient les voyages qu'elle entreprendrait. Que c'était bien cette mère-là et pas une autre qu'il avait.

Il ressentit alors tout au fond de lui un grand bien-être, une sorte de paix, une grande confiance. Lui qui avait jusqu'à ce jour si peur de l'orage, il se leva et se mit à gambader sous la pluie, laissant couler l'eau sur son dos, sur sa poitrine. Il avait en lui un sentiment nouveau, qu'il devenait plus grand, plus fort, plus joyeux aussi.

Quelque temps après, à la suite de cette découverte fabuleuse, il se surprit à imaginer des oasis nouvelles, des montagnes inconnues, des vallées secrètes, en dehors des chemins habituels que les caravanes suivaient depuis des millénaires…

Ses vieilles colères, ses désarrois anciens disparurent comme par enchantement. Il cessa aussi de ruminer ses silences, de taire ses tristesses. Il devint un vrai chameau vivant, agile, entreprenant.

Ainsi se termine le conte du petit chameau qui en voulait tellement à sa mère d'avoir toujours soif… jusqu'au jour où il découvrit qu'il y a des soifs multiples et différentes chez chaque chameau.

Le conte du petit dauphin qui faisait plein, plein de bêtises, parce qu'il croyait qu'il n'avait pas été désiré

Il était une fois, dans une mer dont j'ai oublié le nom, une maman dauphin qui aimait beaucoup la liberté. Elle adorait nager pendant des journées entières dans les profondeurs de l'océan. Toute seule, car elle aimait la solitude et ne fréquentait pas beaucoup les autres dauphins.

Elle avait quand même un ami, comme un mari, avec lequel elle partageait des moments de tendresse, des temps de bonheur. Ils faisaient même l'amour quand ils étaient près des îles et qu'elle se sentait confiante dans la vie.

Un jour, elle découvrit qu'elle était enceinte, oui, qu'elle attendait un bébé dauphin dans son ventre. Il faut dire ici ce qui s'était passé quelques années auparavant. Un soir d'hiver elle avait déjà eu un bébé dauphin, et ce bébé était mort quelques jours après. Son corps était descendu lentement, très lentement tout au fond de l'océan. La maman dauphin avait eu un chagrin terrible et plus encore une colère épouvantable. Contre tous les océans, contre toutes les mers, contre tous les autres poissons. Elle s'était juré qu'elle n'aurait plus de bébé ! Elle se disait dans sa tête de dauphin :

— A quoi ça sert d'avoir un bébé si c'est pour le perdre si vite ?

Et puis, le plus terrible c'est qu'il y avait encore en elle tout l'amour qu'elle n'avait pu donner à son bébé. Elle était restée avec tout cet amour inachevé en elle.

Les années passent sur les chagrins même chez les dauphins.

Il devait quand même y avoir en elle un désir caché, un désir de bébé très fort, puisque malgré sa décision… elle était à nouveau enceinte. Un bébé était dans son ventre, prêt à sortir dans quelques mois.

Au début elle eut très peur. Une peur immense, vous le comprenez :

— Et si mon bébé allait mourir comme le premier ? Ça, je ne le supporterais pas !

Oui, durant tout le temps de sa grossesse, elle eut très peur.

Enfin elle accoucha, car la vie avance très vite, plus vite que nos peurs. Elle accoucha d'un petit bébé dauphin, tout brun ! Il sortit de son ventre comme une flèche. Il se mit à nager autour d'elle, approcha son museau comme pour lui dire dans le langage des dauphins :

— C'est bien toi ma maman, je te reconnais, je ne t'oublierai jamais.

D'autres années passèrent et le petit dauphin grandissait, mais il y avait en lui une infinie tristesse. Une immense tristesse qu'il cachait soigneusement, comme font souvent les enfants dauphins, en faisant des bêtises, tout plein de bêtises. Je ne peux pas les dire toutes, tellement il y en avait, mais vous pouvez les imaginer. Tout ce que peut faire un petit dauphin qui ne veut obéir à personne, ce n'est pas rien !

Il ne savait pas d'où lui venait cette tristesse, comme quelque chose qui ne s'était jamais dit entre lui et sa mère.

Un jour enfin, la maman dauphin se décida à lui parler de sa conception et de sa naissance.

— J'ai eu très peur quand tu étais dans mon ventre. J'avais peur que tu meures après ta naissance, comme le premier bébé que j'ai eu. Je me demande aujourd'hui si tu n'as pas entendu ma peur, si tu n'as pas senti, malgré mon désir de t'avoir, combien je craignais que tu viennes au monde.

Le petit dauphin demeura silencieux et quelques jours après lui dit :

— J'ai été très soulagé que tu puisses me parler de ce premier bébé. Je sentais bien qu'il y avait quelque chose de pas clair, quelque chose qui n'était pas dit. Je croyais que c'était à cause de moi que tu étais souvent triste et soucieuse. Je croyais vraiment que tu ne m'aimais pas, que je n'étais pas intéressant. J'avais même imaginé que tu voulais que je meure…

Sa maman éclata de rire, soulagée elle aussi. Ils s'élancèrent l'un vers l'autre et se mirent à se tourner autour. C'est comme cela que les dauphins se câlinent et se montrent leur plaisir d'être ensemble.

Ainsi se termine le conte du petit dauphin qui faisait plein, plein de bêtises parce qu'il croyait qu'il n'avait pas été désiré par sa maman.

Les contes ont ceci de magique qu'ils permettent à la fois de dire et d'entendre l'indicible.

En effet, au travers d'une fiction, d'une fantaisie, vont se créer dans l'esprit de celui qui les entend une imagerie, une résonance, une stimulation fabuleusement puissante de l'imaginaire.

Nous savons que l'imaginaire est ce qui permet à l'enfant ou à l'adulte de franchir l'immense fossé entre la réalité qui est à l'extérieur et le réel qui l'habite. L'impact des images, des associations fantaisistes vont permettre de relier les morceaux éparpillés, chaotiques d'événements anciens, des blessures cachées, de conflits non exprimés.

Le conte de l'arc-en-ciel des émotions

Il était une fois une jeune fille qui n'osait jamais dire ses émotions.

A personne, et surtout, surtout pas à ceux qu'elle aimait !

Bien sûr, il n'est pas toujours facile de dire ses émotions car des fois cela déborde. Il y a alors des pleurs, des sanglots ou des rires, des fous rires, des sueurs, du chaud et du froid, bref, plein de choses qui se bousculent dans le corps.

Il y a aussi les réactions de l'entourage... qu'elle imaginait :

— Qu'est-ce qu'ils vont penser de moi, qu'est-ce qu'ils vont dire... ?

Et puis, pour oser parler de ses émotions, il faut déjà les connaître. Vous les connaissez, vous, vos émotions ? Essayez déjà de m'en dire trois pour voir...

Bon, la question n'est pas là, puisque je raconte l'histoire de la jeune fille qui ne savait pas dire ses émotions.

Un jour qu'elle rêvait éveillée dans son lit, en regardant le ciel, à imaginer les bonheurs qu'elle pourrait avoir dans sa vie, elle vit au-dessus d'elle un magnifique arc-en-ciel.

Mais ce qu'il y avait d'étonnant dans cet arc-en-ciel, c'est qu'il possédait une huitième couleur, la couleur noire. C'est très rare un arc-en-ciel avec huit couleurs. Et soudain elle comprit. Elle comprit tout, elle sut comme cela le nom des émotions qu'elle avait en elle. Grâce aux couleurs de l'arc-en-ciel. Elle devina que chaque couleur représentait une ou plusieurs émotions. Chaque couleur devenait un mouvement de son cœur, une direction de ses énergies, un élan des sentiments, une vibration du ventre, ou du dos, un scintillement des yeux…

Elle devina tout d'un seul coup.

Le rouge par exemple, le rouge était la couleur de la passion, du baiser.

L'orange celle de l'abandon, de l'offrande, du don de soi.

Le jaune celle de la lumière, du jaillissement, du plaisir. Oui, se laisser emporter, confiante, faible comme un sourire de printemps.

Et le vert ? Le vert c'était la couleur du ventre, du mouvement de la vie en elle. De tout ce qu'elle sentait vrai, véritable en elle !

Le bleu, couleur de la tendresse, des caresses sans fin, de la douceur et aussi de l'espoir.

Le violet, lui, était une couleur plus inquiétante, fermée, sourde. Il y a de la violence dans le violet, de la menace. C'est important de savoir aussi reconnaître cela en soi.

Violence que l'on porte, violence que l'on provoque parfois… violence qui arrive par des chemins imprévisibles.

Le noir. Ah ! cette couleur noire, là, présente dans l'arc-en-ciel. Couleur de la peur, du diable, du diablotin qu'il y avait parfois en elle.

Et puis la couleur blanche, couleur du désir. Du désir infini, multiple, qui renaissait en elle, parfois timide, d'autres fois plus direct, plus osant !

Cette couleur-là est précieuse, indispensable, sans elle les autres couleurs n'existeraient pas. Le blanc est une couleur lumière, qui capte toutes les autres et leur donne plus d'existence.

A partir de ce jour-là, la jeune fille, ah ! j'ai oublié de vous dire son nom : Yanou, sut parler de ses émotions, car il lui suffisait d'en rechercher la couleur. Elle regardait le ciel, imaginait un arc-en-ciel et cherchait la couleur de l'émotion qui l'habitait.

Bien des années plus tard, elle fut très étonnée d'entendre sa fille lui dire :

— Tu sais, Maman, je suis un arc-en-ciel d'émotions, je les ai toutes quand je danse. J'adore danser. La danse, c'est le chant des émotions…

Des fois, j'éclate quand toutes mes couleurs, je veux dire mes émotions, se mettent à vivre ensemble… oh ! là ! oh ! là ! là ! je vais éclater un jour !

Je ne sais pas si la fille de Yanou éclatera comme elle le craint, ce que je sais, c'est que sa mère avait fait une grande découverte en associant ses émotions aux couleurs de l'arc-en-ciel.

Le conte du petit koala qui croyait que
l'amour c'était recevoir des coups

Il était une fois un petit koala qui vivait dans une région très, très reculée de l'Australie. En fait, il faut vous le dire, il vivait dans une maison d'enfants koala, car ses parents ne pouvaient pas s'occuper de lui.

Toute sa vie, il avait reçu des coups. Tout bébé, tout enfant, il recevait, de la part des autres koalas qui l'entouraient, des coups. Lui, il croyait qu'être aimé, c'était recevoir des coups ! Cela peut vous surprendre mais c'était sa croyance.

Il avait une façon très particulière de provoquer les autres. Il s'arrangeait pour déclencher en eux de la peur, de l'irritation, de la colère. Il était très habile pour donner aux autres l'envie… de le taper !

Il y avait dans cette maison d'enfants une jeune éducatrice koala, qui s'occupait de lui, qui le réveillait le matin, l'aidait à faire sa toilette, à s'habiller, le faisait déjeuner… tout ce que fait en général une maman ou un papa qui s'occuperait de son enfant.

Eh bien lui, dès le matin, à peine avait-il ouvert un œil qu'il s'arrangeait pour déclencher chez cette éducatrice koala… l'envie de le taper, de le secouer et même de lui tordre le cou.

La bagarre commençait aussitôt, lui aussi rendait

les coups, mordait même, griffait. Tout au fond de lui, il croyait que c'était cela s'aimer.

Tout petit, un événement dont il n'avait jamais parlé... l'avait beaucoup marqué. Il était entré dans la chambre de ses parents (avant qu'il n'aille en maison d'enfants) et dans l'ombre il avait vu le papa koala qui s'agitait sur la maman koala, le lit remuait très fort, la maman koala gémissait comme si elle avait mal. Le petit koala, lui, ne bougeait pas pour ne pas faire de bruit. Il aurait voulu aller défendre sa maman, mais il n'osait pas. Il croyait que le papa koala faisait du mal à sa maman, il aurait voulu l'aider, mais il n'osa pas...

Le lendemain matin, il avait demandé :

— Qu'est-ce qu'ils font les papas dans le lit avec les mamans ?

La mère un peu distraite avait répondu :

— Tu sais, ils dorment ou ils s'aiment. Des fois ils s'aiment beaucoup...

— Ils se font mal pour s'aimer ? interrogea le petit koala.

— Quand on s'aime on n'a pas mal, avait ajouté la mère en souriant — mange ton yaourt, dépêche-toi.

Et depuis ce jour, malgré ou à cause de ce qu'avait dit sa mère, le petit koala était persuadé que s'aimer, c'était se faire du mal. Et pour cela se donner des coups...

Revenons à la maison d'enfants koala. La jeune éducatrice qui s'occupait de lui avait dit à une amie :

— C'est drôle, j'ai beaucoup d'amour pour lui, mais j'ai peur de le lui donner.

J'ai surtout peur qu'il le reçoive mal ou qu'il le refuse.

Un jour elle eut une idée, elle demanda au jeune koala de lui trouver une boîte à peurs.

Il la regarda tout étonné.

— Une boîte à peurs !

— Oui, une boîte à peurs, dans laquelle je pourrai mettre toutes les peurs que j'ai en moi, pour ne pas les garder dans ma tête, dans mon ventre, dans mon cœur.

Le lendemain, le petit koala arriva avec un grand carton de frigidaire, qu'il était allé demander au supermarché du coin. Il avait compris que les peurs de son éducatrice étaient très importantes. Elle fut très touchée de ce geste. Elle lui dit :

— J'aimerais t'embrasser sans que tu me donnes des coups.

Il acquiesça de la tête.

Elle lui fit, juste au coin de l'œil, là vous voyez, tout près des cils, un long baiser tout doux, tout doux. Tellement doux que le petit koala, qui n'avait jamais reçu de baiser aussi doux, sentit une larme couler sur ses joues de koala. Heureusement personne ne l'avait vue, car autrement il se serait mis en colère et aurait donné des coups malgré sa promesse.

Ce jour-là, cette éducatrice mit dans le carton à peurs la plus grande des peurs qu'elle avait, celle que son amour ne soit pas reçu par l'autre.

C'était une peur énorme qui prenait presque toute la place dans le carton.

De temps en temps, elle allait jeter un coup d'œil sur sa peur, dans le carton. Elle voyait bien que c'était une peur très ancienne, vieille comme sa vie.

De son côté, le petit koala avait aussi découvert une boîte à peurs pour lui-même. Il commença à mettre ses peurs dedans. Il se sentait plus léger, plus content.

Comment dire, il avait même envie de donner des baisers, des câlins, même s'il ne savait pas comment cela se faisait. Un jour, il osa demander à la jeune éducatrice :

— Tu sais, j'aimerais que tu m'apprennes à ne pas aimer...

Elle le regarda toute surprise :

— A ne pas aimer !

— Oui, tu sais, quand on aime trop fort, on se donne des coups, on crie. Moi j'aimerais que tu m'apprennes à ne pas aimer, à ne pas donner des coups, à faire des baisers de peur, comme celui que tu m'as fait l'autre fois, au coin de l'œil...

Vous n'avez aucune idée de l'énergie qu'il avait fallu à ce petit koala pour dire cela. Cela vous paraît simple à vous, quand vous lisez ce conte, mais ce fut terrible, c'était comme si on lui arrachait la peau, à ce koala.

L'éducatrice comprit ce jour-là tout le malentendu qu'il y avait dans la vie de ce petit koala. Elle lui répondit doucement :

— Oui, je suis d'accord. Je vais t'apprendre. On va apprendre ensemble, d'ailleurs, car je suis un peu comme toi, je ne sais pas bien aimer. L'autre fois, tu vois, j'avais inventé. Oui, nous allons découvrir tout cela ensemble. Il nous faudra, à toi et à moi, beaucoup de patience...

Je ne vous raconte pas la suite, car vous pouvez l'imaginer vous-même.

Mais ne croyez pas que cela fut facile. Oh non, ils eurent encore beaucoup de bagarres entre eux, car ils étaient l'un comme l'autre encore très maladroits à s'aimer.

J'ai remarqué que cela était très fréquent, cette maladresse à s'aimer chez les koalas, entre parents et enfants, entre adultes aussi. A mon avis ce doit être une des caractéristiques de l'amour chez les koalas !

Ainsi se termine le conte du petit koala qui croyait que s'aimer, c'était se donner des coups et se faire du mal.

Le conte des Petits Bobos

Il était une fois deux amis qui se disputaient toujours mais qui n'arrivaient jamais à se quitter car ils tenaient beaucoup l'un à l'autre. L'un s'appelait Petit Bobo, c'était le plus colérique, l'autre Gros Bobo, c'était le plus hargneux. Ils se disputaient toujours car chacun prétendait que c'était lui qui avait le plus mal.

Petit Bobo :
— Moi j'ai toujours mal. J'ai mal partout, j'ai jamais été heureux, j'ai jamais pu dire ce que je « pansais ».

Gros Bobo, lui, lui répondait :
— Moi quand j'ai mal, ça fait très mal. Je souffre beaucoup, mais personne ne m'aime, personne ne veut comprendre ce que je dis en souffrant…

Comme vous devez l'imaginer, la vie de Petit et Gros Bobo n'était pas marrante car il leur arrivait à l'un et à l'autre toujours quelque chose. Pourtant on s'occupait beaucoup d'eux.

Quand Petit Bobo arrivait quelque part, on s'occupait beaucoup de lui. Ses amis préférés s'appelaient Tricostéril, Mercurochrome rouge ou incolore,

Teinture d'Iode… Petit Bobo était très entouré. Son moment préféré était les premiers jours d'école, entouré de pansements…

Gros Bobo, lui, était un peu plus inquiétant. On ne savait jamais ce qu'il pouvait faire. Soit il tombait et se cassait quelque chose, soit il se redressait et se cognait la tête. Soit encore il se couchait et là, c'était des douleurs de ventre, des brûlures, des maux de gorge, des maux de tête.

Gros Bobo passait son temps à inquiéter les autres. Ses amis préférés s'appelaient Docteur, Chirurgien, Kinésithérapeute.

Dans un certain sens, Petit Bobo et Gros Bobo menaient une vie passionnante. Il faut savoir que même s'ils se disputaient toujours, c'étaient des travailleurs consciencieux et très braves. Oui, je ne vous l'ai pas dit au début mais Petit Bobo et Gros Bobo avaient tous les deux un métier très important.

Oh, un métier pas très connu, car ils travaillaient plutôt dans l'ombre. Un métier difficile à expliquer car Petit Bobo et Gros Bobo étaient, comment le dire simplement, des sortes de sentinelles et des explorateurs en même temps. Oui, c'était un travail d'une grande rigueur qu'ils faisaient chacun très consciencieusement.

Et surtout, c'était un travail où les jours de repos n'existaient pas. Ils travaillaient à temps plein et avec beaucoup d'enthousiasme, vous pouvez me croire. Il y a des jours où Petit Bobo et Gros Bobo ne savaient où donner de la tête, et ces jours-là, ils n'avaient même pas le temps de se disputer.

Vous allez certainement me dire :
— Arrêtez de tourner autour du pot, dites-nous ce

qu'était ce métier ! Qu'on sache à la fin à quoi ils servent, Petit Bobo et Gros Bobo !

Eh bien, justement, je vais arrêter de tourner autour du pot et vous parler de peau.

Petit Bobo, ce jour-là justement, était devenu un Eczéma. Mais j'ai oublié de vous dire que Petit Bobo et Gros Bobo étaient de véritables artistes, ils étaient capables de changer de visage plusieurs fois par jour, de se déguiser en des milliers de personnages.

Petit Bobo, par exemple, pouvait d'Eczéma se transformer en Urticaire, en Psoriasis, en Herpès, en Acné, en Verrue. Ah, les verrues, il aimait beaucoup ça, il aimait beaucoup ce déguisement multiple !

Petit Bobo adorait les surprises, il surgissait sans prévenir, quand une porte coinçait un doigt, quand un couteau dérapait, quand une marche d'escalier glissait. Petit Bobo, on peut le dire, ne ratait rien, il était vif comme l'éclair, il s'arrangeait pour être là quand on s'y attendait le moins !

Gros Bobo, lui, était un gros pataud plus lent, il prenait son temps, mais attention quand il se réveillait, ça faisait mal. Gros Bobo, lui, surgissait à l'intérieur. Et quand il avait trouvé sa place, il s'installait et en général, il n'aimait pas partir.

J'entends, chez vous qui me lisez, des manifestations d'impatience, chez certains, même, de la colère :

— Il va nous le dire, oui, ce foutu métier de Petit Bobo et de Gros Bobo, il va arriver à mettre des mots dessus !

Eh bien justement, il s'agit bien de Maux. Le métier de Petit Bobo et de Gros Bobo consistait à essayer d'avertir, de prévenir, ou de témoigner même, que quelque chose n'allait pas à l'intérieur d'un petit garçon, d'une petite fille, ou d'un adulte. Oui, Petit Bobo et Gros Bobo étaient une sorte de langage, souvent mal entendu, car dès qu'ils apparaissaient, on essayait de les réduire au silence, de les bâillonner, de les supprimer même. Eux qui tentaient de faire avec passion leur métier : avertir que quelque chose d'important n'était pas respecté dans la vie d'un enfant.

Prenons un exemple parmi des milliers : si un enfant se sentait pas entendu, incompris, ou menacé par les absences de sa Maman ou de son Papa, Petit Bobo ou Gros Bobo, au choix, surgissait, sous forme d'otites, de maux de gorge, ou de conjonctivite.

Quand un homme ou une femme se sentait en conflit à l'intérieur de lui-même en ayant dit « Oui » alors qu'il ou elle avait envie de dire « Non », quand il s'était senti obligé de faire quelque chose qui ne correspondait pas à ses croyances ou à ses valeurs, alors Petit Bobo, Gros Bobo arrivaient plein d'entrain sous forme d'angines, d'ulcères ou de mal au dos.

A leur façon, vous l'avez compris, ils tentaient de dire ce qui n'avait pu être dit avec des mots.

Petit Bobo et Gros Bobo se dévouaient sans relâche pour alerter, pour mettre en garde enfants et adultes qui restaient prisonniers d'une situation inachevée, qui avaient mal vécu, qui n'acceptaient pas une séparation, la perte d'un être cher.

La spécialité de Gros Bobo, c'était les problèmes de fidélité et de loyauté, quand un enfant ou un ex-enfant ayant « entendu » les blessures cachées de ses parents tentait à sa façon d'en parler, de les révéler ou de les mettre à jour, sous forme de maladie, d'accident, ou de violence reçue.

Petit Bobo, lui, était vraiment super pour tout ce qui touchait aux peurs et aux angoisses.

Bon, je ne vais pas vous dresser toute la liste des

compétences de ces deux lascars. Mais seulement insister pour vous dire qu'ils méritent notre reconnaissance. Car inlassablement ils tentent d'attirer notre attention sur notre façon de vivre pas toujours en accord avec nos besoins réels. Ils tentent de nous alerter sur l'incohérence de certaines de nos relations, sur les blessures de l'âme et du cœur. Ils veulent nous rappeler qu'il y a un lien très important entre l'état de Santé et le Respect de Soi.

Et surtout Petits Bobos et Grands Bobos sont là pour nous permettre d'être plus cohérents dans nos choix de vie.

Petits Bobos et Grands Bobos sont de véritables langages pour nous dire quand les mots nous manquent ou n'osent pas se dire.

Les enfants arrivent dans l'histoire d'un homme, d'une femme ou dans l'histoire d'un couple avec des attentes et à partir d'enjeux très différents.

Ils sont porteurs de messages, de missions, et surtout de fidélités qui échappent souvent à ceux-là mêmes qui les transmettent ou qui les suscitent.

Le conte de la petite fille qui était
tellement sensible qu'elle s'enfermait
des jours entiers, dans un grand sac
de silence

Il était une fois, mais plusieurs fois quand même, une petite fille qui très tôt dans sa vie avait senti... qu'elle était sensible, très sensible. Mais tellement sensible qu'un seul regard, une seule parole, un seul geste ou même un non-geste pouvait la blesser au plus profond d'elle.

Quand elle se sentait ainsi meurtrie, elle « partait ». Elle s'absentait d'un seul coup, sans bouger, comme si soudain elle n'était plus dans la pièce. Plus rien ne la touchait, ne pouvait l'atteindre, elle n'entendait plus rien, ne voyait rien. Le monde autour d'elle devenait transparent, intouchable. Ce qui se passait en fait, c'est qu'elle s'enfermait dans un sac de silence.

Personne autour d'elle ne voyait ce sac, mais il était aussi vrai dans son esprit que ses propres mains ou que sa robe.

Elle entrait dedans en mettant un pied, puis l'autre, s'asseyait au fond puis refermait le sac au-dessus de sa tête. Elle pouvait ainsi rester dedans des heures, parfois des jours et une fois même toute une semaine.

Coincée dans le sac de silence, elle n'entendait plus rien, ne voyait rien, ne sentait plus rien du tout, ni souffrance ni plaisir.

Mais comment, me direz-vous, pouvait-elle être aussi sensible ? Sensible à tout ce qui se passait dans le monde autour d'elle, au moindre petit événement porteur de souffrance, de douleur, à tous les imprévisibles de la vie.

Tout s'était passé comme si très tôt dans sa vie, elle avait voulu être le paravent, le paratonnerre, la protectrice de sa maman.

Il faut dire, pour ceux qui ne le savent pas, que certains enfants sentent, pressentent les souffrances et les malheurs avant même qu'ils n'arrivent.

La plupart des enfants sentent les bonnes ou les mauvaises choses, reconnaissent les événements heureux, mais d'autres au contraire reconnaissent la moindre souffrance, la sentent et la captent de l'intérieur avant qu'elle ne se manifeste.

Cette petite fille sentait la souffrance de l'intérieur. Cela datait de très longtemps, avant même sa naissance.

Cela peut sembler extraordinaire et cependant c'est vrai. Écoutez la suite. Il faut dire encore que sa maman, quand elle était enceinte d'elle de six mois, avait eu un chagrin épouvantable, une douleur effroyable comme il en arrive peu dans une vie.

Cela s'était passé un dimanche. Après un repas sur l'herbe, son mari, le père du bébé qui était dans le ventre, s'était noyé sous les yeux de sa femme. C'était un jour de juin, blond et doux comme du pain tendre. Un jour de fête, un jour de tendresse, un jour pour être heureux toute une vie.

Le père, après le repas, pour se détendre, était entré dans l'eau avec l'intention de se baigner. Il avait nagé doucement vers le milieu de l'étang. Il avait gardé sa cigarette allumée à la bouche et avançait lentement, lentement pour ne pas la mouiller. Puis soudain, comme s'il avait heurté un obstacle, crac, d'un seul coup il avait vacillé, puis disparu, englouti dans le noir de l'eau.

Sa femme avait tout vu, elle se leva d'un bond, voulut s'élancer avec un grand cri pour rejoindre son mari, pour rester avec lui, pour ne pas le perdre. Que sais-je sur ce qui lui traversait l'esprit…

Des amis la retenaient. Elle hurlait, n'ayant qu'un élan, qu'un désir, rejoindre l'homme qu'elle aimait et qui avait disparu soudain, happé par l'eau de l'étang.

Mais la petite, me direz-vous ! La petite était à l'intérieur du ventre, à l'intérieur de la mère, pendant que se passait à l'extérieur, au grand soleil de juin, ce drame épouvantable. Elle était dans le ventre, comme je vous l'ai dit. Il y avait juste six mois qu'elle avait été conçue par ces deux-là, dans un grand moment d'amour. Conçue par celui qui se noyait et par celle qui, oubliant qu'elle attendait un enfant, voulait le rejoindre, pour ne pas le perdre, pour ne pas être seule dans la vie.

Cette petite, à l'intérieur, entendait tout cela. Cette immense détresse, cet oubli de soi, cette douleur qui gonflait au point d'emporter presque la raison de la mère.

Elle entendit, comme un raz de marée immense, le sentiment d'injustice qui grondait dans sa mère, avec cette question insensée jetée au ciel.

— Mais pourquoi cela m'arrive-t-il à moi ? Pourquoi en ce moment ?

Une colère terrible contre tout l'univers la fit hurler des jours entiers.

La petite, tout au fond du ventre, se fit plus petite encore, laissa passer la tempête du désespoir, de la colère, de l'injustice.

Le temps passa. Le bébé, le temps venu, sortit au grand jour, ce fut une fille.

Et bien plus tard, beaucoup plus tard, mais très tôt dans sa vie de petite fille, elle avait compris qu'il fallait qu'elle prenne sur elle un peu de la souffrance de sa mère, comme pour la soulager, comme pour lui dire :

— Tu vois, maman, je suis là. Je sais que je te rappelle ton mari. Je lui ressemble beaucoup, tout le monde le dit autour de moi. Je suis le seul enfant que tu aies eu avec lui. Je sais que ma présence te renvoie sans arrêt à lui. Alors moi, j'ai décidé de prendre sur moi un peu de ta souffrance, de la porter avec toi, pour qu'elle soit moins lourde.

Cette petite fille vécut ainsi pendant des années et des années en portant à l'intérieur d'elle la plus grande part de la souffrance de sa maman, en fille fidèle.

Savez-vous ce qui se passa par la suite ?

C'est qu'elle devint femme à son tour. Elle connut l'amour, se maria et un jour elle devint enceinte.

Là, ça se complique un peu, parce que le bébé qui était dans son ventre avait l'impression que la place était déjà prise, encombrée. Qu'il y avait là-dedans comme un intrus.

Oui, c'était, comme je vous l'ai dit, toute la souffrance que la petite avait prise en elle. Le ventre est le lieu préféré de la souffrance. C'est un endroit chaud, protégé, où une souffrance peut prendre ses aises.

Ce bébé-là ne se laissa pas faire. Il poussa avec ses pieds, avec ses poings, avec sa tête toute cette souffrance accumulée, il la poussa au-dehors.

Lui, il n'était pas d'accord de vivre avec de la souffrance pendant neuf mois. Il batailla très fort.

Sa mère, au-dehors, pensait :

— Qu'est-ce qu'il a, mon bébé ? Il ne semble pas content !

Et au sixième mois de la grossesse, elle fit une très grosse hémorragie.

Oui, du sang tout bleu et noir coula de son ventre. Vous l'avez compris, c'était toute la souffrance enfermée depuis si longtemps par la petite fille qui s'en allait, qui s'échappait enfin.

Quel soulagement, quelle libération, pour elle, pour son bébé, car autrement cela aurait pu durer encore des années, peut-être sur plusieurs générations. Cela s'est déjà vu !

Je reviens quelques instants à la mère, qui est, vous vous en souvenez, l'ex-petite fille du début de cette histoire. Elle garda très longtemps encore, même après la naissance de son fils, une grande sensibilité.

Parfois lui reprenait l'envie de s'enfermer dans le grand sac de silence de son enfance. Elle sentait de loin la souffrance des autres, de son fils, mais aussi de toutes les personnes qu'elle rencontrait. Et vous savez, dans la vie, il y en a de la souffrance. A la télé ils ne montrent presque que cela. Regardez la Roumanie qui se libère, la Colombie qui bouge, l'Afrique du Sud qui danse et saute, le Liban qui brûle, l'ex-Yougoslavie qui se déchire ou la Somalie qui meurt de faim. Et sans aller si loin, en France même, dans des tas de petits villages de rien du tout, sous le bleu des apparences, il y a de la souffrance. Dans les grandes villes, dans le lointain des HLM, des terrains vagues qui sont devenus les banlieues, partout il y en a !

Oui, vraiment, je ne souhaite à aucun enfant au monde de prendre sur lui la souffrance de ses parents ou de ses proches. Non, je ne le souhaite pas, c'est trop de douleur.

Vous pouvez aider quelqu'un à faire quelque chose pour ses difficultés, pour ses malheurs, pour ce qui le fait souffrir, mais ne vous aventurez jamais à prendre la peine, la déception, le malheur de quelqu'un en vous. Une vie ne vous suffirait pas !

Et comme votre vie… est bien la vôtre, alors prenez-en soin.

Ainsi se termine enfin le conte, qui nous a entraîné si loin, de la petite fille qui était tellement sensible qu'elle s'enfermait dans un grand sac de silence.

Le conte de la petite ratonne laveur qui
avait plein, mais vraiment plein de désirs

Il était une fois une ratonne laveur, qui avait tout plein de désirs en elle.

Et cela depuis très longtemps, depuis toute petite.

Des désirs de toutes les couleurs, je veux dire des désirs dans toutes les directions, dans tous les domaines. Et surtout des désirs qui ne correspondaient pas du tout à ceux de ses parents.

Ce qu'il y avait d'épouvantable dans cette situation, c'est que les parents avaient, eux aussi, tout plein de désirs, mais différents de ceux de la petite ratonne laveur. Totalement différents, aux antipodes de ceux de leur fille.

Aussi avait-elle eu le sentiment que chaque fois qu'elle avait un désir, c'était comme une agression pour ses parents ! Comme une violence qu'elle leur faisait.

Elle avait donc eu honte, durant très longtemps, de ses désirs. Une honte profonde, toute rouge, partout au fond d'elle, au creux du ventre, dans les fesses et même dans les genoux. C'est douloureux, une honte dans les genoux d'un raton laveur qui se déplace beaucoup !

Et savez-vous comment on voyait qu'elle avait honte, quand elle avait des désirs différents de ceux des personnes qu'elle aimait ? Eh bien, elle produisait des verrues. Oui, des verrues ! Oh ! pas très grosses, pas noires comme certaines verrues, mais des petites verrues roses, blanches ou légèrement brunes ! Plein de petites verrues sur ses pattes de devant.

Au début elle n'avait pas fait attention à ces verrues. Elles apparaissaient, puis disparaissaient, revenaient… comme cela.

Et plus tard, bien plus tard, devenue une grande ratonne laveur, quand elle s'était mariée, au début elle n'avait pas remarqué non plus qu'elle n'osait pas avoir de désirs différents de ceux de son mari. Elle s'ajustait sur les désirs de son partenaire, ne donnant pas d'existence aux siens. Mais elle ne se sentait pas très heureuse.

Après beaucoup de malentendus, elle décida de le quitter, de vivre seule.

Elle décida ainsi de respecter ses désirs, ses élans, ses enthousiasmes, ses projets à elle. Elle n'eut plus de verrues.

Un jour, elle rencontra un autre raton laveur, il venait d'un pays différent du sien. Ils n'avaient pas les mêmes habitudes. Elle, par exemple, elle avait des désirs de tendresse plein les pattes et le museau, plein le ventre et le dos et lui, c'était comme si la tendresse lui faisait un peu peur.

Lui, il était très adroit avec sa queue de raton laveur. Il lui apprenait plein de choses nouvelles qu'elle n'avait jamais faites. Et quelques mois après leur rencontre… les verrues revinrent. Elle s'interrogea.

— Je suis heureuse, j'aime ce raton laveur, j'ai plein de plaisir avec lui… Qu'est-ce qui ne va pas ?

Ce qu'elle n'avait pas encore repéré, c'est que dans cette nouvelle relation, elle n'avait pas respecté quelques-uns de ses désirs les plus importants. Elle en avait refoulé, nié, rejeté quelques-uns. Alors les verrues se déchaînèrent… comme des verrous.

Plein les pattes, oui, au moins dix-huit. Elle pouvait les compter et les recompter. Dix-huit, le même nombre que les années qu'elle avait passées avec son premier mari. Cela l'interpella si fort qu'elle décida de respecter mieux ses désirs, surtout avec son nouvel ami.

Nous croyons savoir que les verrues disparurent comme par enchantement.

Il en resta une dernière, qu'elle remercia : « Petite verrue merci, tu m'as fait prendre conscience que je mettais des verrous à ma vie. Si jamais je me laissais aller à recommencer, n'hésite pas à revenir… pour m'avertir. »

Ainsi se termine le conte de la petite ratonne laveur, qui, devenue grande, apprit à respecter ses désirs, en ne les verrouillant plus… par des verrues.

Le conte de la petite mésange qui faisait
tout à l'envers

Il était une fois une mésange qui vivait dans une famille de mésanges.

La particularité de cette petite mésange, c'est qu'elle faisait tout à l'envers. Par exemple, au lieu de s'envoler pour sortir de son nid, elle plongeait tout au fond. Au lieu d'ouvrir son bec pour picorer, pour manger les moucherons, elle les laissait se poser sur son nez, je veux dire sur son bec… Bref, tout à l'envers.

A l'école des mésanges, elle écrivait même à l'envers.

Ses parents tentaient de s'occuper beaucoup d'elle, beaucoup oui, et avec beaucoup d'amour mais… sans trop de résultats apparents. Tout le monde croyait que c'était parce qu'elle était gauchère.

Un jour, la maman de la petite mésange se rappela son enfance de mésange. Elle se rappela ce qu'avait dit sa maîtresse d'école :

— Ma pauvre fille, tu fais tout à l'envers.

Elle avait même dit ce jour-là à la mère de la maman mésange :

— Votre fille c'est un vrai bébé, elle n'arrivera jamais à rien…

Aussi était-elle devenue grande, grande « comme une asperge ! » disait-on autour d'elle.

La maman de la petite mésange décida de parler avec sa fille. Plutôt que de lui faire des remarques sur sa façon d'écrire, sur ses comportements, elle lui parla d'elle, de la blessure qu'elle avait gardée dans son corps. Ce jour-là, elle comprit soudain combien sa petite mésange à elle avait été une enfant fidèle, d'un courage à toute épreuve pour tenter à sa façon de dire et même de montrer à sa mère tout ce qui était resté dans le silence, dans les non-dits.

Et moi aussi, je pense que cette petite mésange est formidable. En écrivant à l'envers, elle voulait révéler qu'elle connaissait beaucoup, beaucoup de choses à sa façon.

Je suis très admiratif des enfants mésanges. J'en connais une autre qui n'hésite pas à « montrer » qu'elle comprend son papa et toute la souffrance qu'elle voit en lui. Vous savez qu'il y a des enfants mésanges qui mouillent leur nid la nuit. C'est comme si elles disaient :

— Mais oui, papa, tu as le droit de pleurer aussi, tu as le droit de dire ta peine et ta tristesse à toi...

Les contes sur les petites mésanges peuvent se terminer de... beaucoup de façons !

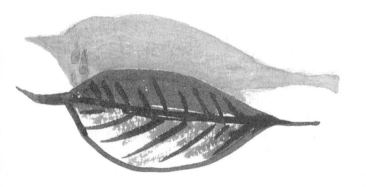

Le conte du petit merle qui n'avait pas
accepté la séparation de ses parents

Il était une fois un petit merle dont les parents étaient séparés. Oui, cela arrive aussi dans les familles de merles. Quand le papa et la maman, ou plutôt le mari et la femme merles, soit ne s'entendent plus, soit découvrent que leur amour a changé !

Il faut savoir que chez les merles, les sentiments évoluent. Au début d'une rencontre entre un merlot et une merlette, c'est le grand amour :

— Je t'aime, tu m'aimes, nous nous aimons, nous nous aimerons toujours…

Vous les entendez d'ailleurs quand ils sifflent dans les bois, c'est cela qu'ils se disent. Ils s'aiment de tout leur cœur, ils sont vraiment heureux d'être ensemble et quelques années plus tard, l'un ou l'autre découvre avec étonnement ou chagrin que ce n'est plus le même amour qu'il ressent pour l'autre. Que c'est un autre sentiment qui s'est développé : comme l'affection, l'amitié amoureuse ou de la tendresse. Au fond chez les merles, c'est comme chez les humains, les sentiments changent, mais les merles, eux, le disent.

En général quand cela se produit, c'est la crise. Les deux époux merles se disputent, s'envoient à pleine gorge des reproches, des accusations, des cris et même des coups. Des coups d'ailes qui font mal quand on s'est aimé avant…

Parfois, comme chez les humains, c'est le silence, la souffrance muette. Chacun essayant, pour les enfants, de cacher les désaccords. Cela est perçu très vite chez les enfants merles.

Oui, les enfants merles entendent tout. Sentent bien ce qui ne va pas entre les parents, alors ils imaginent parfois que c'est à cause d'eux que les parents ne s'entendent pas, et ils pensent que c'est à eux de les réconcilier.

De tenter de les faire redevenir « comme avant ». Ils essaient par tous les moyens de les maintenir ensemble, qu'ils arrêtent de se disputer avant qu'ils ne se séparent, et, quand ils sont séparés, de les pousser à nouveau l'un vers l'autre.

C'est exactement ce qui s'était passé pour le petit merle dont j'ai parlé au début.

Il s'appelait Merli-Merla et ses parents s'étaient justement séparés. Ils habitaient maintenant dans deux nids différents, à quelques arbres de distance.

Le petit merle, comme c'est souvent le cas, était resté dans le nid de sa maman.

Mais il souffrait beaucoup d'être séparé de son papa qu'il ne voyait que certains dimanches.

Et depuis cette séparation il y avait comme un trou noir, dans la poitrine de ce petit merle. Oui, oui, un gros trou noir, cela va vous paraître curieux, mais c'est la vérité. Chaque nuit, il avait peur, il avait peur de tomber dans ce trou noir, qu'il avait dans la poitrine, tout à l'intérieur.

Vous allez me dire tout de suite :

— Mais ce n'est pas possible, on ne peut pas avoir

peur de tomber dans un trou qu'on a dans sa propre poitrine, surtout un petit merle, il peut voler…

Je vous répondrai simplement :

— Chez les petits merles, les affaires de famille sont très complexes, délicates, douloureuses…

La preuve, c'est que depuis la séparation de ses parents, Merli-Merla faisait des complications respiratoires. L'air lui manquait, comme s'il étouffait. C'est très gênant pour un merle, surtout quand il vole. Il avait l'impression que sa poitrine était trop petite pour contenir ce grand trou noir. Et comme en plus il avait peur de tomber dedans, vous imaginez ce qu'il pouvait vivre ! Vous l'avez deviné, ce trou était un trou de chagrin, de désespoir et surtout un trou de révolte.

Il s'en voulait de n'avoir pas réussi à faire revenir ses parents ensemble.

De plus, Merli-Merla aimait son papa, il aurait voulu à la fois rester avec lui et rester en même temps avec sa maman.

Comment pensez-vous qu'un petit merle puisse exprimer cela ? S'il disait le fond de sa pensée :

— Je veux rester avec papa

il risquait de chagriner sa maman ou il imaginait qu'il pourrait perdre son amour. S'il disait :

— Je veux rester chez maman

il craignait de blesser papa et de le voir s'éloigner…

Bien sûr, comme beaucoup de petits merles dans la même situation, il avait rêvé de tomber malade, de se casser une aile, de partir loin.

Il avait même imaginé de mourir.

— Comme ça ils vont revenir ensemble, faire un

autre petit merle à ma place et ils seront bien obligés de l'élever ensemble…

Oui, il avait imaginé des trucs comme ça et bien d'autres encore.

Un jour Merli-Merla décida de parler en premier à son papa.

— Je suis malheureux, Papa, j'aurais tellement voulu vous voir rester ensemble toi et Maman, sans vous disputer, sans vous blesser. J'aurais aimé que vous puissiez continuer à vous aimer, voilà !

Son papa lui répondit :

— Je suis très ému, très touché de ce que tu me dis là. Mais vois-tu, j'ai oublié de te dire que ce n'est pas ta mère que j'ai quittée, c'est la femme avec qui je vivais. Aujourd'hui, même si je vis avec une autre merlette, c'est ta mère que je vois comme ta mère.

Merli-Merla tenta aussi de parler à sa maman. Ce fut plus difficile, tant il craignait de lui faire de la peine. Elle lui paraissait déjà si malheureuse ! Voici à peu près ce qu'il lui dit :

— Maman, depuis que tu es séparée de ton mari, je commence seulement à comprendre que c'est une affaire d'adultes, de merlot et de merlette. Mais moi j'ai envie de vous garder toute la vie comme papa et comme maman, même si vous ne pouvez plus vivre ensemble. Et j'ai besoin d'en être sûr, car j'ai peur de tomber dans le grand trou noir de ma poitrine…

— Mais de quel trou noir tu parles ? Tu n'as pas de trou… commença par dire la mère, puis elle s'arrêta de parler.

Elle avait appris combien il est important d'entendre plutôt que de discuter. Elle prit son petit enfant entre ses ailes, là où il y a plein de duvet tout doux et elle lui dit :

— Oui, ç'a été difficile pour toi, la séparation d'avec mon mari, tu as dû avoir très peur…

Et le petit Merli-Merla se mit à sangloter, à sangloter avec des sanglots de merle étonné d'avoir été enfin entendu.

Les sanglots de merle c'est terrible, cela s'entend dans toute la forêt et tous les animaux savent qu'il s'agit vraiment d'une grande peine qui s'en va.

Le petit Merli-Merla claquait du bec, sa gorge brûlait, tout son corps se déchirait, et soudain l'air arriva d'un coup, d'un seul coup dans le trou noir de sa poitrine. Il entra de l'air et de l'amour. Car il venait de découvrir une chose extraordinaire, le petit Merli-Merla. Que si l'amour des adultes entre eux peut changer, évoluer, l'amour des parents, lui, reste un sentiment très fort, indestructible. Si fort, si ancré dans leur vie qu'un amour parental ne s'épuise et ne s'use jamais.

La suite est facile à deviner, le petit Merli-Merla n'eut plus besoin de ses crises. Plus besoin de ses troubles, de ses « complications pulmonaires » pour dire ses souffrances et ses peurs.

Il savait maintenant avec certitude que Papa et Maman resteraient Papa et Maman pour toujours.

Le conte de la petite gazelle qui se sentait
si mauvaise qu'elle aurait préféré mourir
plutôt que de se sentir vivante

Il était une fois, dans un pays si lointain qu'on n'en voyait pas le bout, une famille de gazelles dans laquelle il y avait : un papa, une maman bien sûr, une petite fille gazelle, c'était l'aînée… Puis une autre petite gazelle, c'était la cadette, et un petit gazelou, c'était le dernier. Comme vous l'avez deviné, c'était un garçon, le benjamin.

C'est de l'aînée que nous allons raconter l'histoire. Car c'était vraiment une petite gazelle courageuse, avec un caractère pas facile, d'accord, mais il faut comprendre que ce qu'elle vivait n'était pas facile non plus.

Quand elle avait décidé quelque chose, rien ne la faisait changer d'avis.

Cette petite gazelle, que nous appellerons Léonie, ne se sentait pas aimée dans sa famille.

Déjà dans le ventre de sa mère, elle avait senti que celle-ci aurait voulu un garçon-gazelle et, comme vous le savez, elle était née fille-gazelle. Puis ensuite sa sœur était arrivée et Léonie avait bien remarqué que son papa et sa maman avaient été déçus de ne pas avoir de garçon-gazelle !

Quand, cinq ans plus tard enfin, le garçon-gazelle était né, quand le petit gazelou fut là, la petite Léonie avait vraiment senti qu'il n'y avait pas de place pour elle dans cette famille. Qu'elle ne serait jamais suffisamment intéressante pour sa mère. Oui, oui, vous pouvez vous étonner, mais elle ressentait qu'elle ne trouverait pas de place dans cette famille. Il n'y en avait que pour le garçon. On parlait sans cesse de lui. On racontait avec émerveillement comment il rotait, comment il faisait pipi, comment son caca était beau, comment il se réveillait, comment il faisait béé-béé ou baa-baaaa !

Non, décidément, il n'y avait plus de place dans cette famille pour Léonie, aussi décida-t-elle de se laisser mourir.

Vous vous demandez comment elle pensait mourir ? Je vais vous le dire. Avec un moyen bien à elle, qu'elle avait inventé toute seule. Elle avait décidé de se laisser mourir de faim.

Oh ! ne croyez pas que c'est facile pour une petite gazelle de se laisser mourir de faim ! C'est même drôlement difficile. Ça fait très mal, et surtout ça prend du temps, beaucoup de temps. Et pendant ce temps, on a mal, on souffre, ça tire de partout. On a l'impression d'être déchiré de l'intérieur, qu'on est tout sec, tout dur, tout mou aussi, ça dépend des moments.

Il faut beaucoup de courage, et une volonté farouche, quand, sans rien dire à personne, on décide de ne pas manger pour ne pas grandir, pour mourir petite.

Vous pensez bien que son papa et sa maman gazelles essayaient de l'encourager à manger :

— Regarde comme c'est bon... Si tu veux on t'en donne encore un peu... Fais-nous plaisir... On t'aime, tu sais...

Mais rien n'y faisait. Ce que la petite Léonie aurait

voulu, c'est avoir une vraie place dans cette famille, pas qu'on lui dise avec un air accablé :

— Mais on t'aime bien, tu sais…

Elle voulait être aimée tout court, pour elle. Pas seulement être « aimée bien » mais être simplement aimée dans ce qu'elle était au plus profond, une gazelle-fille.

La petite Léonie préférait se laisser mourir de faim plutôt que de se demander tous les matins en s'éveillant :

— Où est-elle, ma place de fille dans cette famille… ?

Cela durait depuis des années. Elle faisait ce que le médecin des gazelles appelait « l'anorexie-des-jeunes-filles-gazelles ». Cette anorexie prenait beaucoup de place dans la famille.

Comme vous l'imaginez, celui qui prenait aussi beaucoup de place dans cette famille, c'était le petit frère, le petit benjamin.

— Oh ! il a dit POAPA ce matin, quelle merveille ! Il sait déjà parler…

Et tous de s'extasier sur le petit gazelou, qui ne se rendait pas compte qu'il prenait tant de place dans cette famille.

Un jour, la petite Léonie décida de dire son grand secret, sa décision de mourir, à un arbre de ses amis.

Oui, déjà depuis longtemps, il faut que je vous le dise, la petite Léonie avait choisi un arbre comme ami.

C'était un arbre magnifique, un sycomore, qu'elle seule connaissait. A lui, elle pouvait tout dire. Et un soir, pendant que ses parents dormaient, croyait-elle, elle alla vers son ami l'arbre.

— Je sais que tu es mon ami, que jamais, toi, tu ne

me feras de mal. Je sais que tu m'aimes, que tu m'écoutes quand je te parle et surtout que toi tu m'acceptes comme je suis, avec mon petit museau de gazelle, mes petites pattes blanches. Toi, tu ne m'en veux pas d'être née fille-gazelle.

Tu sais, j'ai une grande honte en moi, dont je ne t'ai jamais parlé.

— Quelle honte as-tu ? lui demanda l'arbre.

— Oh ! je crois que tu l'as deviné !

— Non, lui dit l'arbre, tu peux me dire.

— Tu dois savoir que les enfants gazelles restent plusieurs mois dans le ventre de leur mère. Tu sais ça !

— Oui.

— Et qu'au bout de ces mois, ils doivent sortir du ventre pour entrer dans la vie. Eh bien moi je connais une petite gazelle qui ne voulait pas sortir du ventre. Elle se recroquevillait en boule, tout au fond. Alors, en sortant du ventre de sa maman, au bout de deux jours, elle lui a fait mal.

— Comment cela, comment un bébé gazelle peut-il faire mal à sa mère ? demanda l'arbre.

— Elle a déchiré un peu du ventre, là où on sort. Sa maman a eu très mal.

Et cette gazelle qui a fait tant de mal à sa maman en sortant, c'était moi !

— Ah bon, dit l'arbre, tu crois que tu as fait très mal à ta maman en sortant.

— Oui, oui, je l'ai déchirée, même qu'une fois ils en ont parlé en croyant que je dormais…

Eh bien tu vois, dit-elle à son ami l'arbre, moi jamais de ma vie, je ne serai maman, parce que ça fait trop mal quand les enfants sortent du ventre.

Je ne veux plus grandir, pour ne pas devenir maman. Je préfère mourir petite.

— Oui, je te comprends, dit l'arbre. Tu dois souffrir beaucoup en ayant vécu tout cela.

La petite Léonie qui se confiait ainsi à son ami l'arbre ne savait pas que son papa gazelle s'était réveillé, était parti à sa recherche et qu'il avait tout entendu.

Ce papa n'avait jamais su que sa petite fille gazelle était si malheureuse qu'elle voulait mourir et surtout qu'elle ne voulait pas grandir pour ne pas devenir Maman.

Il ne savait pas qu'en se privant de manger, elle poursuivait avec beaucoup de courage un seul but : ne pas grandir et mourir.

Lui, le papa gazelle, il croyait, quand elle ne mangeait pas, qu'elle n'avait pas faim ! Qu'elle faisait des histoires, que l'appétit reviendrait, que ça s'arrangerait... Ils sont comme ça les papas gazelles, ils simplifient beaucoup... pour ne pas comprendre ce qui est parfois douloureux et difficile chez leurs enfants...

Là, dans la nuit, à écouter sa petite fille se confier à un arbre, il se sentit très triste. Il pleura silencieusement. Car il aimait beaucoup, beaucoup son enfant, la petite Léonie. Il avait le cœur gros comme ça !

Il fut désespéré, mais bientôt il eut une idée. Sur un morceau d'écorce d'arbre, il dessina trois cœurs. Trois cœurs, un pour chacun de ses enfants. Avec ses dents et ses pattes, car les gazelles sont très adroites, il découpa les trois cœurs. Vous ne savez pas comment c'est fait, un cœur de gazelle ?

C'est comme ça... et même plus gros encore avec plein de palpitations autour.

Puis un soir, le papa réunit toute sa famille : la maman, la cadette, le benjamin, Léonie et lui-même.

Il avait déposé chacun des trois cœurs en écorce d'arbre, caché sous les assiettes de ses trois enfants.

Ils étaient tous de la même grandeur, car ce papa aimait vraiment chacun de ses enfants. Mais il les avait peints de différentes couleurs. L'un en vert, couleur de la prairie, un autre en jaune, couleur du soleil, et le dernier en bleu, couleur du ciel.

La petite Léonie avait sous son assiette le cœur couleur prairie. Il lui parut si beau, ce cœur, qu'elle eut envie de le manger. Mais elle se rappela aussitôt que ce cœur en écorce, si bon, qui apparaissait avec sa couleur verte, était l'amour de son père pour elle.

Alors elle posa sa petite patte sur celle de son papa.

Et ce jour-là... elle mangea comme jamais elle n'avait mangé.

En se couchant, devinez ce qu'elle trouva sous son oreiller... un autre cœur de couleur orange... c'était l'amour de sa maman.

Ainsi se termine le conte de la petite gazelle qui se sentait si mauvaise qu'elle voulait mourir et surtout ne pas grandir.

Conte pour une petite grenouille
qui voulait dormir avec son papa

Il était une fois une petite grenouille qui avait un papa. Mais un papa spécial qui vivait séparé de sa femme, la maman de la petite fille grenouille. Oui, cela arrive parfois dans les couples de grenouilles de vivre ainsi.

Et ce papa était très malheureux.

Il était très malheureux parce que sa petite grenouille, chaque fois qu'il l'invitait chez lui, voulait dormir dans son lit.

Au début, il ne souhaitait pas lui faire de la peine en disant non car il l'aimait beaucoup.

En plus, il se sentait un peu coupable d'avoir quitté la maison, et d'être un papa grenouille voyageur, peu présent. Ce qui fait qu'il n'arrivait pas à dire « non » à sa petite grenouille. Et cela durait depuis plusieurs mois.

Il faut ajouter que ce papa grenouille avait très peur. Il se disait dans sa tête de grenouille :

— Ça ne peut plus durer. Je ne peux pas continuer à dormir avec ma fille ! Ce n'est pas la place d'un papa…

Il était très embêté, car il aurait bien aimé que sa petite grenouille comprenne d'elle-même et ne lui demande plus de dormir dans son lit. Cela aurait tout arrangé.

Au pays des grenouilles, il arrive souvent que les parents grenouilles fassent prendre à leurs enfants les décisions qu'ils sont eux-mêmes incapables de prendre !

Au cours d'un voyage, il réfléchit et décida de faire quelque chose.

Aussi ce « ouiquaine-là », il prit la décision de lui dire « non ».

Quand la petite grenouille arriva dans la maison du papa, elle vit deux lits.

Papa grenouille avait acheté un deuxième lit.

Il lui dit :

— Dans quel lit veux-tu dormir ? Car moi je dormirai dans l'autre ! J'ai décidé de ne plus dormir avec toi.

En entendant ce discours nouveau, la petite grenouille fut très inquiète. Tout de suite elle décida de ne pas dormir, de ne pas se coucher, de rester éveillée toute la nuit, Na ! Comme cela, elle n'aurait pas à choisir !

Mais elle était petite, elle eut bientôt sommeil, et son père avait l'air très décidé cette fois-ci.

Dans sa petite tête de grenouille elle réfléchit puis chuchota à son papa :

— Papa, j'accepte de dormir dans l'autre lit si tu me promets de toujours rester mon papa. Car c'est trop difficile, pour une petite grenouille comme moi, de ne pas savoir à l'avance si son papa restera toujours son papa !

Papa grenouille fut très étonné, embêté même d'avoir à faire cette promesse. Lui, il croyait qu'on était papa une fois pour toutes !

Il réfléchit longuement, puis il dit :

— Je sais comment je resterai ton papa pour toujours : en acceptant de te voir comme ma fille toute ma vie.

A partir de ce jour-là, la petite grenouille sut qu'elle pouvait dormir toute seule sans jamais risquer de perdre son papa.

Ainsi finit le conte de la petite grenouille qui n'acceptait pas de dormir dans un autre lit que celui de son papa, tant elle craignait de le perdre... comme papa !

Conte des jours pères et des jours impères

Il était une fois, dans un pays proche du nôtre, une famille qui ne connaissait pas les jours « impères » et les jours « pères. »

Les enfants de cette famille ne vivaient que des jours « mères ».

En effet c'était la mère qui s'occupait de tout, qui organisait tout ce qui se passait dans la maison.

C'était vraiment un drôle de pays. Quand une femme devenait mère, elle prenait tout en charge. Au début, tout naturellement, sans se poser de questions, elle s'occupait du ménage, de la préparation de la nourriture, des rangements, des activités des enfants, de la garde des enfants, de tout, de la lessive, des petits ennuis, des petits bobos...

Au début, vous l'ai-je dit, avec beaucoup de foi, d'enthousiasme, de plaisir... Par la suite, avec les années, elle ressentait... quelques lassitudes, ressentiments et même des refus...

Un jour, une femme de ce pays-là décida d'inventer les jours « pères » et les jours « impères ». Elle avertit tout d'abord ses enfants en leur disant :

— Les jours « impères », c'est moi qui m'occuperai vraiment de vous, les jours « pères », je demanderai à mon mari de vous prendre en charge. S'il n'est pas disponible, je pourrai le remplacer, ou si je suis moi-même occupée, il trouvera lui-même quelqu'un pour me remplacer.

Puis elle parla à son mari en lui disant :

— J'ai pris une grande décision. Celle de ne plus t'accuser. Oh, ce n'était pas vraiment terrible pour toi, car je le faisais silencieusement, à l'intérieur de moi. Mais j'ai compris que si je continuais comme cela, je risquais de t'en vouloir beaucoup. J'ai décidé aussi de sortir de la plainte, de la victimisation. Combien de fois t'ai-je accueilli, d'un ton plaintif, geignard, accablé en te disant : « Je n'arrive plus à tout faire, je suis à bout, je n'en peux plus, c'est trop dur. »

Cela te gênait, te culpabilisait quelques minutes, puis tu t'embarquais très rapidement dans tes activités à toi. Depuis dix ans que nous sommes mariés, j'ai découvert la différence fondamentale qu'il y a entre tes activités à la maison et les miennes. C'est que toi, tu choisissais de les faire ou de ne pas les faire, alors que moi, je me sentais obligée de les exécuter, avec le sentiment naïf et douloureux qu'il n'y avait que moi de toute façon pour pouvoir bien... les mener à bout !

Oui, c'est cela la différence fondamentale, une injustice jamais dite dans un couple qui s'aime : **une asymétrie incroyable au niveau des tâches du quotidien entre un mari et une femme**.

Aussi, mon chéri, j'ai décidé de réhabiliter les jours « pères ». Chaque fois que ce sera un jour pair je ne prendrai pas en charge les obligations de la vie quotidienne et je t'inviterai à faire tiennes ces obligations, directement ou indirectement avec l'aide d'une tierce personne. Les jours impairs, je prends l'engagement de prendre en charge les obligations familiales directement si je suis là, indirectement si je suis ailleurs.

171

J'ai vraiment décidé que mes enfants retrouvent des jours « pères » dans leur vie.

Depuis l'époque de leurs fiançailles, elle n'avait jamais parlé aussi longuement à son mari.

Vous imaginez que ce fut la révolution dans la vie de cette famille, et surtout dans l'existence de cet homme !

Lui qui avait vécu si longtemps en ignorant qu'il y avait des jours « impères » et des jours « pères ».

Lui qui n'avait connu, tout au début de sa propre vie, que les jours mères.

Oui, ce fut la crise. Au début, il tenta de s'en défendre en culpabilisant sa femme :

— J'ai honte pour toi, j'ai honte en pensant que tu as eu l'idée d'inventer les jours « pères » et les jours « impères ». Ce n'est pas comme cela que je vois la vie de famille.

Pour moi, vois-tu, la famille c'est faire les choses ensemble, calmement, avec plaisir, sans avoir besoin de s'interroger si l'un en fait plus que l'autre. Je suis vraiment déçu de toi. Non, ce n'est pas comme ça que je voyais le mariage…

Sa femme resta imperturbable en lui répondant :

— C'est vrai, ce n'était pas comme cela que je voyais le mariage, moi non plus, mais c'est comme ça que je l'ai découvert au long des années. J'avais pourtant décidé de ne pas faire comme ma mère, qui a passé sa vie dans le dévouement, la soumission, l'abnégation, sans jamais se plaindre tout en inscrivant dans son corps tellement de kilos supplémentaires que mes bras, même aujourd'hui, sont trop courts pour que je puisse la tenir… dans mes bras ! Je ne veux pas devenir comme elle, ni te voir ressembler à mon père. Cela, je ne le veux pas, je te le jure !

Avec beaucoup d'émotion, elle ajouta :

— Oui, c'est indispensable pour moi de ré-inventer les jours PÈRES et les jours IMPÈRES. Je me réjouis que mes enfants puissent, eux aussi, découvrir les jours PÈRES dans leur vie !

Peut-être que ce conte sera un jour appris par tous les garçons… et par toutes les filles dans les écoles de mon pays ! Je ne désespère pas.

Le conte de la petite chatte qui voulait
avoir des enfants

Il était une fois une chatte qui voulait avoir un enfant.

Non seulement elle voulait en avoir, mais elle était d'accord de le concevoir, de le laisser sortir d'elle, de le laisser grandir et même de le laisser partir loin d'elle quand il serait devenu adulte.

Comme vous le voyez, elle voulait vraiment être maman et mère et pas seulement « avoir » un enfant ! C'était une chatte évoluée qui savait la différence :

entre un désir « d'enfant »

et un désir « d'adulte ». Il y a un désir d'adulte pour faire un enfant et l'élever.

Elle avait lu, quelque part dans un livre sur les humains, que « l'amour parental était une qualité d'amour qu'on pouvait donner à ses enfants, pour leur permettre justement, un jour, de nous quitter ».

Il faut savoir que cette chatte, qui voulait avoir un enfant, avait eu, elle aussi, une mère, une grand-mère, une arrière-grand-mère. Et que chacune avait eu beaucoup de mal à voir grandir... la suivante. A accepter même de la laisser partir... pour vivre une vie d'adulte.

Elle avait bien entendu sa mère dire :

— Ma mère est tombée malade quand j'ai quitté la maison. Elle n'a pas supporté que je m'éloigne à mon mariage. J'ai eu l'impression qu'elle m'en a voulu longtemps… Elle m'a même dit un jour qu'elle, elle s'était « toujours » occupée de sa mère, qu'elle ne l'avait « jamais » laissée seule, un seul jour, que « c'était comme cela » dans cette famille chat !

Vous imaginez que pour la chatte de notre histoire, c'était vraiment difficile de devenir maman.

Elle ne voulait pas faire un petit bébé pour elle, pour le garder « toujours ». Elle voulait faire un bébé pour lui-même, pour lui donner, non seulement la vie, mais la possibilité de la vivre.

Chez les chats, mais chez les chats seulement, on ne confond pas la vie et l'existence. On sait qu'il ne suffit pas de donner la vie, encore faut-il permettre à un enfant d'exister !

Voilà pourquoi, tant que cette petite chatte ne pourra pas s'affirmer et se définir devant sa propre mère, elle risque de ne pas oser faire un petit chat.

On connaît même des chattes qui ont ainsi des stérilités incompréhensibles, alors que tous les examens confirment… qu'elles pourraient… avoir un enfant !

Mais les chattes, c'est bien connu, n'hésitent pas à faire… des enfants.

Le conte de la petite grenouille qui voulait grossir, tout en restant maigre

Il était une fois une petite grenouille, qui, tout au début de sa vie, était vraiment toute petite.

A sa naissance, il lui manquait pas mal de grammes par rapport aux autres bébés grenouilles. Elle était toute maigrichonne avec des petites pattes, avec des petits yeux, avec une petite bouche. Si bien que sa maman, inquiète, avait essayé de la nourrir en lui donnant beaucoup de son lait, du lait de grenouille bien sûr. Plein de vitamines, de l'huile de foie de morue, beaucoup de soins, beaucoup d'amour et la petite grenouille avait grandi.

C'était aujourd'hui une petite fille de sept ans, grosse comme une petite fille de presque douze ans !

Elle était, même, très gênée d'être aussi forte, surtout quand sa maman lui faisait des remarques du genre :

— Tu ne crois pas que... tu manges trop de chocolat,

que tu grignotes trop,

que tu devrais manger moins,

que tu devrais faire plus attention...

Mais les recommandations, les conseils n'y faisaient rien, cette petite grenouille restait grosse, énorme.

Ce que les parents ne savaient pas, c'est que la petite grenouille avait avalé toute leur angoisse, liée à son manque de poids à la naissance. Comme si elle disait, avec ses kilos en trop :

— N'ayez plus peur, voyez, j'ai tout gardé, tout ce que vous m'avez donné... en trop. Je n'ai rien laissé perdre, pas une miette, oui, oui, j'ai tout gardé.

Vous le comprenez aisément, il y avait vraiment un malentendu dans cette famille de grenouilles. Les parents faisaient faire des régimes à cette petite grenouille, pour qu'elle maigrisse, alors qu'elle s'efforçait de toutes ses forces de rassurer ses parents en gardant du poids.

Une fois de plus, je ne sais comment se terminera cette histoire.

Peut-être la petite grenouille trouvera-t-elle les moyens de ne plus se sentir obligée de rassurer ses parents ?

Peut-être osera-t-elle « rendre » à ses parents leur angoisse du début de sa vie ?

Elle seule trouvera son chemin pour redevenir une petite grenouille, avec son poids à elle.

Les enfants sont de grands archéologues pour révéler les secrets de famille.

Ils entendent et mettent au jour avec une ténacité étonnante, un dévouement incroyable et beaucoup d'amour les blessures cachées, les non-dits ou l'indicible qui circulent dans les histoires de vie de leurs ascendants.

Le conte des enfants clowns

Il était une fois, dans la même cour d'école, d'une école de ce pays, trois enfants qui passaient tout leur temps à « faire le clown ».

Comme disait l'instituteur aux parents :

— Ils ne savent faire que ça !

Je ne sais si vous le savez, vous qui me lisez ou m'écoutez, dans un enfant qui fait le clown, il y a deux enfants qui se cachent :

* un enfant triste

* et un enfant joyeux ou apparemment joyeux, qui sert justement à cacher l'enfant triste.

Vous allez me demander, car votre curiosité est insatiable : « D'où vient-elle cette tristesse qu'il y a chez l'enfant triste qui se cache derrière l'enfant qui fait le clown ? Qui fait des bêtises pour faire rire les autres ? »

Parce que, vous l'avez remarqué, l'enfant clown ne rit pas tellement au fond, il fait rire les autres, ça oui ! Ça fait même rire l'institutrice ou l'instituteur, mais pas toujours !

D'accord, un enfant clown
dit des choses drôles
sait mimer

sait jouer avec les mots

sait faire le chat

ou imiter un éléphant qui dort

ou le directeur qui vient rappeler d'une voix grave et désolée

qu'« après avoir fait caca il faut tirer la chasse d'eau… »

ou que « ça ne sert à rien de chauffer une classe si on laisse ouvertes les fenêtres de cette même classe… ».

Mais ne nous égarons pas. Vous m'avez bien demandé d'où vient cette tristesse qu'il y a chez l'enfant triste qui fait le clown ?

D'abord, je dois vous dire qu'elle vient de très loin. En fait, du fin fond de son enfance.

Pour Paul, par exemple, qui fait toujours le clown en se moquant des manières des autres, imitant tout ce qui passe à sa portée. Comment sait-il, cet enfant clown, que son père était un enfant triste ? Silencieux, toujours au bord des pleurs, replié sur lui-même… même si aujourd'hui son papa est capable de « casser la gueule à n'importe qui, hein ! ».

Et Georges, un autre enfant clown, comment sait-il que sa maman a vécu il y a très longtemps une grande tristesse dont elle n'a jamais pu parler ? Que Georges a bien entendue… en faisant justement le clown.

Et pour le troisième de la bande, comment a-t-il deviné qu'il n'avait pas le droit d'être triste, qu'il devait toujours faire comme si tout allait bien ? A qui ferait-il de la peine s'il osait être triste ?

Ce qui est sûr, voyez-vous, c'est qu'aucun de ces trois enfants clowns n'a jamais eu de témoignages de la part de l'un ou l'autre de ses parents… d'aucun. Et cependant, chacun à sa façon a entendu et tente de dire l'indicible.

Là où des enseignants, des parents ne voient qu'un garnement faisant le pitre, il y a toujours un enfant méconnu, masqué, qui tente de révéler le possible d'une autre réalité.

Le conte du petit bonheur

Il était une fois un petit bonheur appelé Clito. Très timide, souvent apeuré, il cherchait à naître, à sortir des limbes de l'attente.

C'était pourtant un bonheur plein de désirs de vie, de rencontres et de plaisirs mais, sur sa tête de petit bonheur, pesait une véritable montagne de peurs, de chagrins, de blessures anciennes, de tristesses noires et grises et aussi de refus.

Le malentendu, c'était qu'il cherchait à soulever cette montagne avec seulement sa tête. Il ne savait pas encore que le bonheur ne se cherche pas avec la tête mais avec les émotions, avec les sentiments et surtout avec les étonnements de l'imprévisible mêlés à de la confiance.

Ce qu'il ne savait pas non plus, c'est que de l'autre côté de la barrière des peurs, des refus, bref, derrière cette montagne qu'il voulait soulever avec sa tête, il y avait son double, appelé... Ris. Ris, à l'inverse de Clito, était plus ouvert, plus libéré. Ce qui le caractérisait, c'était l'impatience, l'intrépidité. Il était capable de prendre tous les risques pour entrer dans le plaisir.

Mais son désir le plus secret était de rencontrer Clito et de ne former qu'un... avec lui. De retrouver une unité perdue, de se retrouver entier. Le bonheur c'est peut-être cela, se sentir entier.

Le conte de la culpabilité

Deux hommes qui se connaissaient depuis long-temps se rencontrèrent au bord d'un trottoir.

Ils étaient tous les deux abattus, atterrés, déprimés comme il n'est pas possible de l'être.

L'un des deux, croyant être le plus déprimé, s'adressa à l'autre et lui dit :

— Si je puis me permettre, tu ne sembles pas aller bien, que t'arrive-t-il ?

Il espérait que l'autre lui dirait : « Je vais bien », ce qui lui aurait permis de dire à son tour :

— Tu en as de la chance, moi ça ne va pas du tout...

Mais celui-ci, contre toute attente, répondit :

— Oh ! ça ne va pas du tout, je me sens coupable, affreusement fautif. Ma mère était malade, je lui ai conseillé de se faire opérer. Et elle est morte des suites de cette opération. Jamais, jamais je n'aurais dû lui conseiller cela. C'est de ma faute, si elle est morte.

Et le premier de s'exclamer à son tour :

— Moi c'est pire encore, ma mère aussi était très malade, elle voulait se faire opérer, je lui ai déconseillé cela. Je l'ai invitée à partir plutôt en vacances. Et elle est morte d'un accident de la route. C'est terrible, jamais je n'aurais dû la déconseiller pour cette opération. C'est de ma faute si elle est morte.

Et son interlocuteur de surenchérir :

— Mais toi, tu détestais ta mère, alors que moi je l'aimais, c'est donc moi qui souffre le plus.

— C'est ce que tu crois, s'empressa d'ajouter le premier, la tienne n'a pas eu à subir d'opération douloureuse, elle. Elle est morte sans souffrir, alors que la mienne…

— Oui, mais la tienne n'a rien senti, n'a pas su ce qui lui arrivait, alors que la mienne…

Un orage les sépara mais ils se promirent de reprendre cet échange passionnant.

Pour savoir lequel est le premier en culpabilité, lequel est celui qui doit s'attribuer la plus grande souffrance d'avoir fait ou dit, de n'avoir pas fait ou pas dit.

Le conte du petit garçon qui ne pouvait pas se retenir, alors que sa maman gardait tout en elle, je veux dire qu'elle retenait beaucoup de choses dont elle ne voulait pas parler !

Il était une fois un petit garçon qui n'arrivait pas à se retenir. Il faut le dire avec des mots simples : il faisait dans sa culotte.

Oh ! ne croyez pas que c'était facile pour lui, non, cela lui posait beaucoup de problèmes : des moqueries de la part de ses sœurs (pour une fois qu'elles pouvaient humilier un garçon !), des reproches de la part de sa maman, et du reste de la famille, de la honte pour lui, de la gêne pour tout le monde ! Et croyez-moi vraiment, les journées de petit garçon étaient bien longues, pour lui. Il voyait arriver le soir avec angoisse, car c'est en se déshabillant qu'il trouvait des traces de caca dans sa culotte. Il essayait parfois de cacher ses slips, de faire comme s'il n'y avait rien ou encore il retardait le moment de se coucher, mais tout au fond de lui, il savait bien... qu'« il avait fait ».

— Tu as encore fait ! disait la mère.

Il avait pourtant tout essayé. Quand il jouait et qu'il avait envie, pour ne pas s'arrêter, il croisait très fort ses jambes. L'envie lui passait... mais il restait, vous l'avez deviné, des traces dans sa culotte.

Tout le monde lui donnait des conseils, lui disait :

— Tu devrais faire ceci, tu aurais dû faire cela, pourquoi tu ne t'arrêtes pas de jouer quand tu as envie, pourquoi tu ne vas pas aux toilettes… tu pourrais faire attention quand même !

Les conseils ne manquaient pas, « Yaka et Taka » s'en donnaient à cœur joie.

Ce que personne n'avait compris, c'est que ce petit garçon avait un secret, dont il n'avait jamais parlé à personne, ni à sa mère, ni à ses frères, ni à ses sœurs, ni encore à son papa qui était parti avant qu'il puisse lui parler.

Ce secret, c'était quelque chose qui était arrivé pendant qu'il était encore dans le ventre de sa maman. Un bébé, ça ne parle pas, mais tout au fond de son corps il avait bien senti, lui, ce qui s'était passé. La preuve, c'est qu'il en gardait la trace en lui jusqu'à maintenant, alors qu'il était déjà un grand garçon de dix ans.

Vous allez me demander : « Mais qu'est-ce qui s'était passé pendant qu'il était dans le ventre de sa mère ? » Je ne peux pas vous le dire, car c'est à ce petit garçon de le demander à sa maman. Sa maman devrait lui dire la grande peine qu'elle a eue, et aussi le grand soulagement.

Tout se mêle bien sûr, une grande peine, une grande souffrance d'avoir perdu quelqu'un d'important pour elle, et aussi la libération d'être débarrassée de quelqu'un de difficile pour elle.

Tout ce que je peux souhaiter pour ce petit garçon, c'est qu'il ose demander à sa maman ce qui s'est passé pour elle, quand il était dans le ventre.

Peut-être qu'elle lui dira aussi comment il est sorti du ventre ?

Est-ce qu'il est sorti, comme on dit, « telle une lettre à la poste » ?

Est-ce qu'elle voulait le retenir encore un peu dans son ventre pour qu'il reste encore un petit moment ?

Peut-être voulait-elle se rappeler ainsi celui qu'elle avait dû quitter parce qu'il la battait ?

Tout cela nous ne le savons pas clairement. Mais ce petit garçon ne veut plus faire caca dans sa culotte et aujourd'hui il est assez grand pour savoir.

Ainsi se termine le conte du petit garçon qui n'arrivait pas à se retenir parce que sa maman retenait trop de choses.

La drogue est souvent un tiers introduit par un adoles-
cent (une adolescente) entre lui et… lui. Un tiers pour
combler l'immense gouffre d'une culpabilité qui sépare,
qui déchire un être au plus sensible de lui-même : ses
fidélités aux êtres les plus significatifs pour lui, ses
parents.

Le conte de la petite kangouroutte,
qui vivait un déchirement si profond
dans son ventre… qu'elle préférait
s'anesthésier en permanence

Tout d'abord, il faut savoir que les kangourouttes sont d'une incroyable loyauté dans leurs amours. Oui, on pourrait même dire que la fidélité est leur règle de vie interne.

Il était une fois une kangouroutte prénommée Zoé, qui vivait un drame terrible à l'intérieur d'elle. Car elle se sentait coupable non de la séparation de ses parents (eh! oui, les kangourous parfois se séparent, justement parce qu'ils sont fidèles à eux-mêmes! Quand leurs sentiments changent ou que leur relation évolue, ils ont besoin d'être fidèles à eux-mêmes, donc ils ne peuvent se jouer la comédie de rester ensemble!).

Elle se sentait coupable du fait qu'elle n'avait pu se partager, se couper en deux (oui, le mot coupable veut dire cela : être susceptible d'être coupé!).

Elle aurait voulu vivre en même temps chez sa mère et chez son père. La séparation de ses parents appartenait à l'histoire de chacun d'eux, mais Zoé ne pouvait supporter de rester avec sa mère, au lieu de vivre avec son père et inversement.

Tout se passait dans son ventre, et je n'ai pas de mots pour dire l'immense souffrance qu'elle portait en elle. Il y avait comme une déchirure mortelle. Une déchirure toute petite au début de la séparation, il y avait de cela plus de quinze ans. Mais aujourd'hui c'était une déchirure qui s'agrandissait. Blessure noirâtre, purulente, infectée au moindre chagrin.

Sa douleur-culpabilité était si intense qu'elle croyait sincèrement qu'elle n'avait pas le droit d'être heureuse, pour elle-même.

Oui, aussi fou que cela puisse paraître, chaque fois que Zoé avait une possibilité, aussi petite, aussi fugace soit-elle d'être heureuse… crac, elle s'arrangeait pour se saboter. Chaque possibilité de bonheur était comme une torture secrète.

C'était comme un combat à mort entre elle… et elle.

Il y avait pourtant chez Zoé une envie folle de vivre. C'était une kangouroutte qui avait un potentiel de vie extraordinaire. Parfois son corps aurait pu éclater, tellement elle se sentait vivante.

Mais sa fidélité ancienne à ses parents était telle que Zoé ne pouvait vivre sans se détruire.

Elle n'avait pas encore découvert la fidélité à elle-même.

Aussi, depuis quelques années, Zoé « nourrissait-elle » sa douleur avec une espèce de drogue, faite de la poudre des feuilles d'un arbre qu'on appelait dans son pays « Brise-chagrin ».

Les feuilles de cet arbre, réduites en poudre, avaient la propriété de calmer, d'anesthésier l'esprit, de le faire chavirer dans un plaisir factice, mais si intense qu'elle oubliait quelque temps sa culpabilité, son désarroi, sa détresse infinie.

Cependant la poudre qu'elle prenait avait des effets dévastateurs sur son esprit, sur son corps. Bien sûr, c'est cela qu'elle souhaitait, se détruire, passer de l'autre côté, sans souffrance, sans déchirement...

Un jour Zoé fit un rêve.

Dans son rêve, il y avait... un bébé, qu'elle ne connaissait pas et qui l'appelait :

— Maman, Maman, écoute-moi, écoute-moi, j'ai besoin de toi...

Dans son rêve Zoé disait au bébé :

— Je ne suis pas ta mère, je ne te connais même pas !

— Bien sûr, répondait le bébé, tu ne peux pas me connaître car je ne suis pas encore né ! Je ne suis même pas conçu, mais j'existe pourtant dans l'infini de l'espace de ta vie. Je suis le bébé que tu auras un jour !

— Je ne veux pas de bébé, surtout pas de bébé, criait Zoé dans son rêve. Jamais je n'aurai de bébé, si tu veux le savoir !

— Je le sais, dit le bébé sans s'émouvoir, c'est pour cela que je suis venu te parler. Te dire simplement que moi, si tu me conçois un jour, je serai responsable de ma vie. J'en prends l'engagement ferme devant toi.

— Comment un bébé peut-il être responsable de sa vie ? Il a besoin de ses parents pour vivre, de ses deux parents ! criait Zoé très en colère cette fois, dans son rêve.

— Oui, il a surtout besoin de chacun, à des moments différents. Un enfant ne peut être responsable de la vie de ses parents, seul chacun d'eux est responsable de son existence.

— Ce n'est pas vrai, ce n'est pas vrai ! le coupait Zoé, en hurlant.

Le bébé se dressa un peu plus, ouvrit encore plus grands ses yeux et dit dans le rêve avec une voix parfaitement claire :

— Moi, j'ai seulement besoin que tu restes encore en vie, pour qu'un jour je puisse être conçu, que je puisse exister.

Il éclata d'un rire très frais, joyeux, et ajouta :

— Après, je m'occuperai du reste. Je te montrerai que je peux être responsable de ma vie. Je te le montrerai.

Zoé se réveilla ce matin-là, avec les deux mains, je veux dire avec ses deux pattes dans sa poche kangourou, pour tâter s'il n'y avait pas un bébé kangourou qui lui disait, les yeux très lumineux :

— Je te le montrerai… que je peux être responsable de ma vie…

Les otites sont les maladies du cœur les plus fréquentes. Elles disent avec une rapidité incroyable toutes les menaces, les inquiétudes et les oscillations de la relation amoureuse et affective des parents. L'insupportable se traduit par une affection des conduits qui mènent du dehors au dedans : la gorge, les yeux et les oreilles sont le terrain privilégié des inquiétudes de l'amour.

Le conte du petit renard qui avait si peur
que sa maman s'en aille qu'il avait toujours
des boules de froid dans les oreilles

Il était une fois un petit renard appelé Laconi. Un jour qu'il passait devant la salle de bains, car dans cette famille de renards, il y avait une salle de bains, oui, oui, il avait entendu son papa et sa maman renard se disputer. Cela arrive, même dans les meilleures familles de renards !!!

Le papa renard se plaignait et la maman renard criait :
— Je ne peux plus vivre ici, elle est trop froide cette maison… moi j'ai envie de vivre ailleurs…

Le petit renard n'avait pu en entendre davantage. Il avait eu si peur que sa maman parte, quitte la maison, qu'il s'était bouché les deux oreilles, effrayé, avec une tristesse terrible en lui.

Ce soir-là, il s'était couché tôt sans faire d'histoires, mais en pleine nuit il s'était levé pour aller voir si sa maman était encore là !

Et depuis cette nuit-là, il se réveillait plusieurs fois, allait dans la chambre pour vérifier si maman restait avec papa, si elle n'était pas partie comme il l'avait entendue dire. Car les petits renards, vous l'avez compris, entendent tout. Ils entendent même des fois ce qui n'est pas encore dit !

Le petit renard était vraiment inquiet, il avait souvent mal aux oreilles, pas au-dehors mais dedans. Vous pensez bien que c'était insupportable pour lui d'avoir entendu sa mère, « sa maman renard à lui », dire :

— Je ne peux plus vivre dans cette maison trop froide.

Lui aussi, le petit renard, il aimait avoir chaud, il aimait être câliné longtemps, chaudement.

C'est pour ça que depuis ce jour-là, il avait mal aux oreilles, pour ne pas entendre… que sa maman pouvait partir, s'éloigner de lui, retourner dans son pays là-bas, après la mer, tout au bout de l'océan même !

Son papa, qui était un renard sensible, avait bien senti que son petit renard était inquiet. Alors il décida un jour de faire une longue promenade au bord de la mer… tout seul avec son petit renard, et voici ce qu'il lui dit :

— Tu sais, j'aime beaucoup ma femme, ta mère. Elle est très importante, j'ai vraiment envie de vivre avec elle. Je sais qu'elle a souvent froid et surtout, surtout qu'elle a besoin de chaleur, de rires, de douceurs et de tout plein de câlins.

Quand je me suis marié avec elle, je ne savais pas que les femmes renardes avaient besoin de beaucoup, beaucoup de câlins, de beaucoup de tendresse, de beaucoup de sourires, de danses, de tout plein de cadeaux de vie. J'ai vraiment envie de la garder ici, de vivre avec elle.

Voilà ce dont j'ai vraiment envie, moi ! Et toi, mon fils, de quoi as-tu envie tout au fond de toi ?

Le petit renard était bien embêté. Lui aussi il voulait garder sa maman, mais *pour lui tout seul*, rien que pour lui. S'il n'y avait pas eu sa sœur ni son papa, il aurait gardé sa maman RIEN QUE POUR LUI TOUT SEUL ! VOUS AVEZ BIEN COMPRIS !

Il serait même parti avec elle, là-bas très loin, au pays chaud avec plein d'odeurs et de parfums.

Oui, il était bien embêté de ce que lui avait dit son père. Comment faire ? Ils rentrèrent tous les deux à la maison, lui très songeur, se demandant comment il pourrait mieux entendre… sans avoir mal aux oreilles. Ce que lui avait dit son père était très important. La parole d'un père chez les renards est toujours essentielle. Il avait envie de garder sa maman… et aussi son papa !

Depuis cette discussion avec son père, il paraît qu'il n'a plus mal aux oreilles. Au fond de lui, il sait que sa maman a simplement besoin de chaud, de rires et de bons câlins, et il sait qu'il ne peut pas lui donner tout cela à lui tout seul ! Il a compris beaucoup de choses, ce petit renard appelé Laconi. Oui, d'ailleurs si vous le rencontrez, il vous dira :

— Moi, je n'ai plus mal aux oreilles, je n'ai plus peur que ma maman parte au pays du soleil sans moi… D'ailleurs papa et moi on veille sur elle !

Ainsi se termine pour l'instant le conte du petit renard Laconi qui avait si peur que sa maman s'en aille qu'il avait des boules de froid dans les oreilles.

Le conte de la petite fille qui avait une très grande peur d'être abandonnée

Il était une fois une petite fille qui, toute petite, interrogeait souvent son papa :

— Comment suis-je arrivée dans cette famille, Papa ?

Et son père lui répondait très sérieusement :

— Ta mère voulait un enfant alors je suis allé te chercher au magasin des bébés. Il n'en restait plus qu'un. Personne n'en avait voulu, sans doute.

Il était là à nous attendre sur une étagère, tout au fond du magasin, c'était toi. J'ai pas eu le choix. Il y avait des gitans, qui sont arrivés après moi et qui voulaient aussi un bébé. Si je ne t'avais pas prise, ils t'auraient achetée, car je crois qu'ils voulaient une fille, eux.

La petite avait cru longtemps à cette histoire, que le père racontait sans rire.

Elle demandait de temps en temps :

— Tu crois que si je suis restée sur l'étagère, c'est parce que personne ne voulait de moi ?

Elle espérait, tout au fond d'elle, que son père lui dirait en riant :

— Mais non, c'était bien toi que je voulais et personne d'autre.

Mais il répondait, évasif, songeur :

— Je ne sais pas, moi, le fait est qu'il ne restait plus de bébé ce jour-là. Tu étais la seule sur l'étagère, je me rappelle bien…

Elle éprouvait, bien caché en elle, un sentiment mélangé de colère contre ce papa qui aurait dû venir plus tôt la chercher, et de reconnaissance aussi pour ce papa qui ne l'avait pas laissée au magasin… toute seule, avec peut-être les gitans qui l'auraient prise !

Quelquefois, son père ajoutait :

— Et d'ailleurs si tu n'es pas sage, si tu ne travailles pas bien en classe, je te ramène au magasin. J'en choisirai un autre, ils ont peut-être du choix aujourd'hui !

Cette phrase avait été terrible pour elle, elle lui donnait le sentiment douloureux qu'elle pourrait être rejetée, abandonnée. Qu'elle avait été choisie faute de mieux. Et que si ceux qui étaient susceptibles de l'aimer… trouvaient mieux, alors ils l'abandonneraient.

Bien sûr, plus tard elle avait appris d'où viennent les bébés. Que son arrivée dans sa famille ne s'était pas passée comme cela. Mais tout au fond d'elle, la blessure restait, secrète, vivace.

Pour se défendre de souffrir, elle s'était donné à dix-huit ans une maxime :

« Être amoureuse, c'est être malheureuse ! »

Devenue femme, elle avait vécu beaucoup d'abandons, dans ses rencontres avec les hommes. Car elle s'arrangeait pour ne pas s'attacher, pour ne pas être amoureuse.

Aujourd'hui encore, à quarante ans, elle avait beaucoup de mal à établir une relation stable, profonde, elle hésitait toujours… de peur d'être rejetée, abandonnée, « renvoyée au magasin… ».

Un jour elle décida d'envoyer ce petit conte à son

père. Elle hésita plusieurs jours, car il était âgé et elle ne voulait pas le blesser ! Mais elle l'envoya quand même en espérant qu'il en entende le message.

Nous ne savons pas comment le père découvrit après tant d'années que son récit du «magasin des bébés» avait blessé profondément sa petite fille.

Ce que nous savons, c'est que quelque temps après, elle rencontra un homme avec lequel elle se sentit si confiante qu'elle n'eut plus jamais peur… d'être ramenée au magasin des bébés.

Le conte du petit bébé d'homme qui avait
une grande colère en lui, depuis qu'il était
sorti du ventre de sa maman

Il était une fois un petit bébé qui avait été conçu par un homme et par une femme qui ne savaient pas qu'ils s'aimaient suffisamment… pour rester ensemble.

Oui, oui, cela arrive parfois…

En fait, il faut le dire clairement, son géniteur ne voulait pas vivre avec sa génitrice.

Celle-ci, dans ses pensées les plus secrètes, imaginait qu'en étant enceinte, elle agrandirait l'amour de son partenaire. Elle avait pensé que le bébé une fois né serait un argument de plus… pour, peut-être, le convaincre de vivre ensemble. Oui, elle avait rêvé tout cela, mais tout au fond d'elle, sans jamais en parler. Elle avait imaginé que son partenaire en voyant le bébé craquerait.

Cela ne s'était pas passé ainsi.

Le bébé, lui, n'était pas du tout d'accord, de servir comme cela d'enjeu à quelque chose qui ne lui appartenait pas.

Un mois après sa naissance, il faisait des coliques épouvantables, comme s'il voulait rejeter ce quelque chose de pas bon pour lui. Oui, juste « UN MOI », comme s'il voulait affirmer quelque chose d'important pour lui !

Son corps souffrait tellement que son géniteur avait commencé à s'intéresser à lui.

En le découvrant, le ventre crispé de souffrance, il le prenait parfois dans ses bras et s'étonnait de tant de vie chez un tout-petit.

Le bébé, lui, ne voulait pas qu'on s'intéresse à lui seulement parce qu'il souffrait.

— Je ne suis pas « ton moi », disait-il à sa façon, je suis « mon moi ».

Les bébés ont plus de caractère que les adultes ne le supposent !

Un jour, la maman de ce bébé osa lui parler :

— Je crois que tu es un bébé d'un courage extraordinaire, à ta façon tu me dis quelque chose d'important. Tu me dis qu'il ne faut pas que je te confonde avec moi. Il faudra que je demande, à ma Maman à moi, ce qu'il m'est arrivé, ce que j'ai vécu quand j'avais un mois. Tu attires mon attention sur quelque chose qui m'est arrivé et que j'ai oublié. Merci mon bébé.

Il faut le savoir, les bébés avec des maux de ventre, et plein d'autres maux d'ailleurs, sont capables de dire des choses très différentes à chacun de leurs parents. Les bébés ont des langages multiformes.

Ainsi se termine le conte du petit bébé qui avait plein de choses à dire en lui.

Le conte de la petite lézarde qui n'arrivait
pas à rester en place

Il était une fois une petite fille de lézards qui n'arrêtait pas de bouger. Et vous savez que ça bouge beaucoup, un lézard. Mais elle, elle ne tenait pas en place.

Elle s'agitait comme mille lézards ! D'ailleurs ses parents étaient très inquiets. Ils croyaient que c'était nerveux, que c'était une espèce de maladie. Qu'il fallait montrer leur fille au médecin des lézards ou à des « psychiatro-lézards ». Bref, ils étaient complètement atterrés, c'est-à-dire accablés, inquiets, immobiles. Ce qui n'est pas rien pour un lézard.

La petite lézarde, elle, continuait à bouger beaucoup, à donner des coups de queue, des coups de pattes partout, à grimper n'importe où, à faire des sauts de carpe, ce qui pour une lézarde n'est pas peu dire !!!

Ce que les parents lézards ne savaient pas, c'est que la petite lézarde était pleine de doutes. En remuant beaucoup comme cela, elle cherchait sa vérité.

Elle cherchait à savoir si ses parents étaient vraiment ses parents. Bien sûr, elle, elle les appelait dans le langage des lézards : papa et maman, mais tout au fond, très caché, il y avait ce doute.

« Est-ce que mon papa et ma maman sont bien mes parents ? »

En s'agitant, elle tentait de faire la preuve qu'elle n'était pas comme les autres lézards de sa famille. Eux, ils ne bougeaient pas comme cela, ils ne s'agitaient pas de la même façon, ils n'étaient pas aussi nerveux, eux… Vous l'avez compris, cette petite lézarde était vraiment extraordinaire. Elle cherchait dans tous les sens sa vérité. Elle voulait comprendre d'où elle venait. C'était pour ça qu'elle se débattait dans toutes les directions.

Je ne sais si un jour chacun de ses parents osera lui parler de lui-même. Si son papa osera par exemple lui dire :

— Moi, je te vois comme ma fille, et je me sens vraiment ton père.

S'il la prendra contre lui et lui fera entendre les battements de son cœur en lui chuchotant pour elle seule :

— Là, tu entends mon cœur, tu entends ce qu'il te dit, approche-toi, approche-toi encore, entends-tu ?

Et la petite lézarde, en mettant son oreille sur le cœur de son papa, entendra : « Quoi qu'il arrive, je serai toujours ton papa, quoi qu'il arrive, même quand tu seras grande, même quand tu seras partie de la maison, moi je serai toujours ton papa. »

Est-ce que sa maman osera la prendre contre elle, en lui disant :

— Chaque matin, avant de se quitter pour l'école, toutes les deux, on va faire le plein de tendresse. On se mettra debout, l'une contre l'autre, sans bouger. On se tiendra très serrées, toi et moi, on fera le plein, pour tenir toute la journée en attendant de se voir… le soir.

Je ne sais si chacun fera ainsi un pas, à sa façon, pour confirmer à leur fille qu'elle est bien leur fille.

Car vous ne savez peut-être pas que c'est un doute qui habite beaucoup d'enfants... lézards, et que ce doute s'appelle : le mystère des origines.

Ainsi se termine pour l'instant le conte de la petite lézarde qui bougeait tout le temps.

Le conte de la petite fille qui croyait
qu'elle avait un bébé dans le ventre

Il était une fois une petite fille qui avait entendu un jour sa maman dire :

— Ah ! cette fois-ci, c'est la bonne, j'attends un bébé !

La petite fille avait demandé :
— Tu attends un bébé avec la bonne ?
— Non, je veux dire que je suis enceinte.

La petite fille voyait dans sa tête sa mère entourée de pieux. Elle venait juste d'apprendre à l'école : « Au Moyen Age, les villes étaient toutes entourées d'un fossé et de palissades, on appelait cela : une enceinte fortifiée… »
— Mais où tu attends ce bébé, maman ?

La maman lui avait répondu gentiment :
— Là dans mon ventre, regarde, il est tout rond. Mon ventre va devenir plus gros, le bébé va grossir dedans…
Et puis un jour il sortira. Ton papa est très content, lui aussi il attend ce bébé.

La petite fille n'osa pas demander comment le bébé

allait sortir du ventre de son père et de sa mère en même temps, et par où. Par la bouche, par le derrière, par le petit trou du nombril, par le trou du pipi ?

Elle n'osait pas demander, mais le soir dans son lit elle réfléchissait beaucoup. Le lit sert à ça, réfléchir. Les enfants qui rechignent pour aller au lit, ce doit être parce qu'ils ne veulent pas réfléchir...

Un autre jour, juste avant le coucher, sa maman lui dit :

— Mais tu as un gros ventre ce soir, tu n'es pas allée aux toilettes aujourd'hui ?

Non, la petite fille n'était pas allée aux toilettes et cela depuis trois jours. Car elle croyait qu'il y avait un bébé dans son ventre et que si elle allait aux toilettes, le bébé risquait de tomber dedans et de se noyer.

Personne n'avait dit à la petite fille par où sortaient les bébés, alors elle croyait que ça sortait par là...

Et puis personne ne lui avait expliqué que les petites filles de moins de dix ans ne pouvaient pas avoir de bébé, mais seulement les femmes. On lui répétait sans arrêt qu'elle ressemblait à sa maman, qu'un jour elle serait maman, alors vous pensez !

Il y avait plein de mélanges dans la tête de cette petite fille et vous l'avez deviné... elle gardait tout en elle ! Tout, elle ne lâchait rien. Elle n'osait plus interroger, poser toutes les questions qu'il y avait dans sa tête.

Savez-vous les questions qu'il y avait chez cette petite fille ?

Je suis sûr que vous ne les connaissez pas toutes !

Par exemple :

— Et qui a mis ce bébé dans le ventre ?

— Où était-il avant ?

— Est-ce qu'il ne s'ennuie pas ?

— Est-ce qu'il pleure ?

— Comment on lui donne à manger ? Est-ce que c'est un garçon, une fille ?

— Comment on va le reconnaître ? Est-ce bien le bébé qu'on attend ? Et si c'était un autre ? Si on s'était « trompé de bébé » en le mettant dedans le ventre ?

— Et lui, comment il va faire pour savoir que c'est nous ? Que maman c'est **ma** maman et que je suis **sa** sœur à lui ? Que papa c'est **mon** papa à moi ? Comment il va faire pour savoir tout ça ?

Je crois que c'est très difficile de répondre aux questions qui sont dans la tête des petites filles... surtout si ces questions restent dans leur tête !

Ce que je sais, c'est que la maman de cette petite fille a compris que la constipation de son enfant était... faite de toutes les questions qu'elle retenait et qu'elle n'avait jamais osé poser, et qui restaient en elle, comme du mauvais et du pas bon.

Ah ! si vous saviez toutes les questions qu'il y a dans la tête d'une petite fille ou d'un petit garçon dont les parents attendent un bébé !

Ce petit conte n'est pas seulement destiné aux papas et aux mamans qui ont déjà un enfant et qui attendent un autre enfant, il concerne tous les ex-enfants qui veulent un jour devenir parents.

Le conte « du plus gros des mensonges »

Vous connaissez déjà l'histoire de « l'habit jalousie » et vous savez combien cet habit a fait de « petits » !…

Ce serait une erreur de le confondre avec ce qui se passe chez certains petits garçons et petites filles.

Certains parents, en effet, vont croire et disent même : « Ma fille est insupportable, elle est jalouse de sa sœur » ou encore : « Mon fils n'arrête pas d'embêter ma fille, il est jaloux d'elle ! »

« Ils se chamaillent toujours. Il lui prend tout ce qu'elle a. Il nous a dit que nous ne l'aimons pas, lui, que nous préférons sa sœur. »

D'autres peuvent même ajouter : « Je lui dis, mais qu'est-ce que tu as à être jaloux comme ça, à réclamer toujours. Nous t'aimons comme les autres ! »

Je crois que ces parents-là mentent à leur enfant, même s'ils ne le savent pas. Car il n'est pas possible d'aimer « pareil ». Chaque amour est unique.

Je ne pense pas qu'un enfant soit jaloux de sa sœur ou de son frère.

Je crois que ces enfants-là cherchent une place, qu'ils recherchent désespérément un endroit dans le cœur de leurs parents où ils pourraient se sentir vraiment « chez eux ».

Je crois que ces enfants qu'on appelle jaloux ne sont pas sûrs qu'il y ait une place au monde qui leur soit réservée, qui ne soit qu'à eux.

Tout se passe comme si ces enfants imaginaient qu'en prenant la place de l'autre, ils auraient une meilleure vie.

Il était une fois une petite fille qui supportait mal la présence de sa petite sœur. Elle pensait que « décidément, depuis que cette petite sœur était arrivée, il n'y en avait que pour elle. Ils étaient tous à lui faire des risettes, à s'inquiéter si elle était contente, pas contente, si elle avait "fait" ou "pas fait" ».

Cette petite fille aurait bien voulu que sa sœur soit un petit frère, comme ça elle aurait eu, elle, sa place de petite fille « à part entière. »

Elle ne se sentait pas jalouse du tout. Elle pensait que ses parents s'étaient trompés de bébé. Ou plus simplement, qu'ils n'auraient pas dû accepter une deuxième petite fille. Elle le disait d'ailleurs souvent dans sa tête, à sa petite sœur :

— Retourne d'où tu viens, c'est pas ta famille ici, tu t'es trompée d'endroit...

Ce que les parents oublient le plus fréquemment, c'est qu'ils ne sont pas les seuls « à avoir un désir d'enfant ».

Les enfants aussi ont des désirs... d'enfant.

Le propre d'un désir d'enfant, c'est qu'il a besoin d'être entendu. Pas nécessairement réalisé.

Les enfants qui sont vus comme jaloux par leurs parents sont le plus souvent des enfants qui ont des désirs d'enfant.

Il serait temps de parler de tout cela dans certaines familles et d'échanger, sur les désirs de chacun.

Le conte de la maman phoque qui avait un gros ventre

Il était une fois une maman phoque qui avait un gros ventre. Oh ! pas un très gros ventre, mais un gros ventre quand même. Bref, ce ventre la gênait. Pour tout vous dire, elle ne pensait qu'à lui. Le matin en s'habillant (oui, oui, les mamans phoques s'habillent), le soir, dans la journée, ce ventre lui sortait vraiment par les yeux.

Elle avait fait beaucoup de choses pour son ventre : surveillé son alimentation, fait de la gymnastique, du vélo, elle avait même un jour vidé ses placards de toutes les choses inutiles qu'elle gardait depuis des années. Elle avait rendu à ceux qui avaient déposé chez elle ou en elle du « pas bon » justement ce qui n'était pas bon. Car vous le savez, il ne convient pas de garder en nous... ce qui est mauvais pour nous.

Elle avait fait, avec beaucoup de courage, tout un travail d'écoute de soi, pour chercher à entendre ce que lui disait son ventre en restant ballonné.

Elle avait recherché quelles blessures anciennes, quelles injustices, quelles humiliations pouvaient encore se loger là, quelles peurs, quels désirs aussi.

Et justement un jour, elle commença à relier ses désirs à son ventre. Oui, elle avait eu et elle avait encore des désirs dont elle n'avait jamais parlé, des désirs tellement anachroniques, tellement violents aussi qu'elle n'avait même pas réussi à se les avouer. Il y en avait certains qu'elle préférait se cacher encore à elle-même !

Tout se passait comme si son ventre lui disait :

— Tu n'as pas le droit d'avoir de telles pensées, de tels désirs.

— Qu'est-ce que l'autre va penser de toi s'il devine que tu as des désirs aussi sensuels ?

Vous le sentez certainement, c'est difficile d'oser reconnaître en soi des désirs comme cela.

Cette maman phoque découvrait ainsi qu'elle était une femme phoque.

En avançant encore dans cette direction, elle comprit que tout ce qu'elle faisait comme activité solitaire : montagne, parapente, course, natation… n'était destiné qu'à cette confirmation :

« Quand l'intensité du plaisir est aussi forte, je peux accepter de ne pas garder le contrôle. Je peux oser perdre le contrôle mais seulement quand je suis seule ! »

Est-ce qu'un jour elle pourra oser son plaisir, s'abandonner, reconnaître le désir le plus inquiétant qu'il y a en elle, tout au fond de son ventre ?

Je n'en sais rien. Ce que je sais, c'est qu'elle a suffisamment de respect en elle pour lâcher l'écran de son ventre et oser enfin aller vers… le meilleur d'elle-même.

Le conte du petit soupir

Il était une fois un soupir qui cherchait son souffle. Et soudain il sortit de la gorge d'un petit garçon, comme par erreur, tout chiffonné, tout froissé, presque embarrassé, tout timide.

Ce fut un soupir ébahi de se trouver au-dehors pour la première fois de sa vie de soupir.

Le petit garçon étonné lui adressa la parole :

— Mais d'où viens-tu, je ne te connais pas, c'est la première fois que je t'entends et que je te vois !

Le petit soupir un peu ému lui répondit :

— C'est vrai, c'est bien la première fois que j'ose sortir de ta poitrine, jusqu'alors je n'avais pas cru cela possible.

— Veux-tu me raconter ton histoire ? lui demanda le petit garçon.

— Oh ! mon histoire, c'est un peu la tienne, mais à l'envers.

— Comment cela, à l'envers ?

— Oui, toi par exemple, tu vis, tu respires pour quelqu'un d'autre, moi j'essaie de vivre, de respirer seulement pour moi.

— Je ne comprends pas ce que tu veux dire,

s'exclama le petit garçon qui sentait une grande colère monter en lui.

— C'est facile pourtant. Toi, tu passes ta vie à étouffer. Tu sais, ces crises d'asthme que tu as, moi je les connais bien. Elles ont commencé à six ans.

— C'est vrai, j'ai eu ma première crise à six ans.

— Oui, le jour où tu as cru que ton père « étouffait » ta mère.

— Je ne me souviens pas de cela…

— Oh ! mais ton corps, lui, n'a pas oublié. Tu étais très jeune, tu dormais dans la même chambre que tes parents et un jour tu as entendu du bruit. Tu as ouvert les yeux et tu as eu très peur, car tu croyais que ton papa étouffait ta maman. Elle gémissait sans rien dire… lui remuait beaucoup.

— C'est vrai que j'ai dormi longtemps dans la chambre de mes parents, jusqu'à huit ans !

Mais je ne me souviens pas de ce que tu racontes.

— Je veux bien croire que tu ne t'en souviennes plus. Pourtant cela s'est passé comme je te le dis. Car moi j'étais à l'intérieur de toi et j'ai bien senti que tu bloquais toute ta respiration.

Tu voyais quelque chose sans bien comprendre ce que tu voyais. Tu croyais que ton papa faisait du mal à ta maman.

— Mais qu'est-ce qu'ils faisaient alors ? demanda le petit garçon au petit soupir.

— Ils faisaient l'amour, ils avaient du plaisir…

— Alors c'est ça, faire l'amour. C'est se mettre sur l'autre et tenter de l'étouffer !

— Non, pas l'étouffer. Ce que tu entendais, c'était des gémissements de plaisir. Quand les parents font l'amour et qu'ils sont d'accord pour le vivre ensemble, ils se donnent du plaisir. Ils sont heureux.

— Oh bon, dit simplement le petit garçon.

— Oui, je ne peux pas tout t'expliquer, dit le petit soupir, tu découvriras cela toi-même plus tard…

— Ah bon !

— Oui, certainement. Plus tard quand tu seras plus grand et peut-être avant !

Depuis ce jour-là, je peux vous l'affirmer et vous le confirmer, car c'est une histoire vraie, le petit garçon n'a plus jamais eu de crise d'asthme, plus besoin de médicaments, ou de précautions particulières à « cause de son asthme ! ».

Il n'a jamais revu non plus le petit soupir, mais vous pensez bien qu'il l'aime beaucoup.

Il en garde à jamais en lui le souvenir vivant.

Ainsi se termine le conte du petit soupir qui avait besoin de s'exprimer… pour aider un petit garçon à retrouver son souffle.

Le conte du petit garçon qui croyait que
mourir c'était ne plus exister

Vous le savez comme moi, il n'y a rien de plus difficile que de tenter d'expliquer à un enfant :

— Qu'est-ce que c'est que la mort ?

La plupart des parents s'emberlificotent dans des réponses confuses, vagues ou alors pleines de certitudes étranges.

Certains vont dire :

— Il ne faut pas pleurer, là où il est, il doit être heureux !

Et l'enfant à qui on demande de ne pas pleurer voit bien, lui, la tristesse de celui qui parle. Il entend aussi la sienne... qu'on lui demande de ne pas montrer !

D'autres diront :

— Ton grand-père, il est au ciel maintenant.

Et la petite fille qui a perdu son grand-père préféré va marcher sur le chemin de l'école en regardant le ciel. Elle se fera disputer parce qu'elle marche dans des flaques d'eau ou ne fait pas attention aux passants sur lesquels elle bute... Elle refusera qu'on ferme ses volets pour regarder le ciel une partie de la nuit,

— Pour voir si grand-père ne passerait pas par là…
en allant vers le ciel.

D'autres parents vont tenter de dire :
— Quand on est mort, on est enterré au cimetière… et on mange les pissenlits par la racine !

D'autres vont expliquer :
— Que grand-père ou grand-mère veillent sur
nous, qu'ils nous voient… et qu'il faut être gentil
avec maman et papa.

Certains vont dire ces phrases aussi curieuses que :
— Depuis que j'ai perdu ton père, j'ai du mal à
joindre les deux bouts.

Et le petit garçon ou la petite fille vont regarder
leur mère avec des yeux égarés, horrifiés en tentant
d'imaginer comment maman a **perdu** papa ? Est-elle
allée le perdre dans la forêt comme un petit poucet ?
Ou l'a-t-elle perdu en ville, dans un grand magasin
comme la fois où cousin Paul s'était perdu ?

Certains enfants vont ainsi rechercher leur père ou
leur mère perdus, durant des années.
S'appliquant à ne pas marcher sur les lignes horizontales du trottoir ou à sauter à pieds joints sur les
marches des maisons ayant des numéros « pairs » en
espérant que papa sera là quand ils rentreront de
l'école !

Toutes les explications données ou fournies en
abondance ou avec réticence, vous le sentez bien, ne
peuvent pas satisfaire un enfant normalement constitué.

C'est vrai que les adultes sont bien embarrassés par ces questions sur la mort. Ils n'osent pas dire leur ignorance. Ils laissent croire aux enfants qu'ils savent, qu'ils connaissent bien la mort.

La mort au fond, personne ne sait ce que c'est.

Personne n'est revenu pour en parler.

Les adultes ne savent pas avouer tout simplement :

— La mort, je ne sais pas ce que c'est.

Si une mère ajoutait :

— La seule chose que je sais, c'est que je ne pourrai plus embrasser mon père, qui est mort l'an passé !

Un père pourrait dire avec émotion :

— Ce que je garde de lui, c'est le souvenir d'un homme joyeux. Il aimait beaucoup rire et il adorait nager.

Le petit garçon dont je veux vous parler s'appelait Jérémy. Il arriva un midi de l'école en disant à sa maman :

— Moi, je sais ce que c'est la mort !

— Ah oui ! dit la mère.

— C'est quand on ne peut plus voir, toucher, parler à quelqu'un.

Quand on ne peut plus jouer avec lui, plus jamais.

— C'est un peu ça, dit sa mère.

— Quand on est mort, on n'existe plus, alors ! affirma Jérémy.

La mère resta songeuse puis ajouta :

— C'est un peu vrai ce que tu dis, quand on est mort, on n'existe plus à l'extérieur. On a disparu mais on peut continuer à exister à l'intérieur.

— Non, non, répondit Jérémy, on n'existe plus, plus jamais.

— Moi je crois qu'on peut exister à l'intérieur, par la pensée.

Quand j'étais petite, j'avais une amie, ajouta sa mère, elle s'appelait Clotilde, et un jour elle s'est fait écraser par un gros camion en rentrant de l'école, elle était du mauvais côté de la route.

Eh bien, Clotilde a continué d'exister pour moi pendant longtemps.

Même aujourd'hui je pense parfois à elle. Je la revois avec ses nattes rousses et je me souviens même, elle savait « faire la tour Eiffel » avec un bout de ficelle. Je ne sais plus comment, mais en quelques gestes rapides de ses doigts elle « faisait la tour Eiffel » et aussi « le pantalon long ou court ». Je l'aimais beaucoup, Clotilde.

Garder le souvenir chaleureux de quelqu'un, c'est continuer de le faire exister en nous.

Alors Jérémy, après un long silence, chuchota avec une toute petite voix :

— Moi, j'ai gardé le souvenir de grand-mère, quand elle me faisait des beignets à la pomme. Elle faisait un petit signe dessus avec son doigt en disant « ce sera meilleur avec un peu d'amour en plus ».

Si elle oubliait, je lui disais « mets-moi un peu d'amour dessus, c'est meilleur » et puis je m'en souviens, quand elle me mettait du « sens bon » dans les cheveux… elle en mettait trop ! Elle savait écouter, Mamie, même quand je ne disais rien…

— C'est cela exister à l'intérieur, confirme la maman très émue, quand on garde en nous le souvenir de celui qui est mort.

Quand on garde sa trace en nous longtemps, avec du plaisir, avec des regrets parfois.

Le conte de la petite gazelle qui n'avait
pas encore trouvé un lieu d'intimité...
pour échapper à son propre regard

Savez-vous que les gazelles sont extrêmement pudiques ? Oui, tellement pudiques que vous ne les surprendrez jamais faisant l'amour.

Car elles ont besoin pour cela d'intimité, de confiance et de beaucoup de tendresse.

Pour s'abandonner, pour s'ouvrir, pour offrir à un partenaire le doux et l'ombre de ses cuisses, une gazelle a besoin d'attentions.

Pour vivre l'amour, une gazelle demande des marques de respect qu'on ne retrouve pas chez les autres espèces animales : douceur, attentivité, abandon, joyeuseté et du temps, beaucoup de temps.

Mais cette gazelle-là, appelée Zela, avait en plus une peur effroyable : elle avait peur de son propre regard. Chaque fois qu'elle avait tenté cette aventure de l'amour, cette peur surgissait.

Si elle entrait en amour avec un partenaire, elle imaginait qu'elle allait « se voir faisant l'amour ».

Tout se passait comme si son regard se dédoublait, elle « voyait » toute la scène avec une acuité insupportable.

Et ce qu'elle « voyait » ainsi par anticipation, dans son imagination, lui faisait serrer les cuisses, la faisait refuser la moindre approche.

Tout le drame de Zela était qu'elle n'avait pas trouvé un lieu d'intimité pour échapper à son... propre regard.

Les années passèrent, puis un jour Zela trouva un partenaire qui lui proposa de ne pas le quitter des yeux.

— Regarde-moi, regarde-moi, dis-moi ce que tu vois. Ne me quitte pas des yeux, apprivoise-moi, apprivoise mon corps... seulement cela... lui chuchotait-il.

Elle fut très surprise au début et même plus paralysée que... d'habitude. Elle croyait depuis toujours qu'un partenaire après l'avoir invitée, ramenée à la maison, bu un verre, plaisanté un peu sur la douceur du soir... allait se précipiter sur elle, la caresser, l'explorer, découvrir avec étonnement qu'elle était vierge. A son âge ! Quelle honte !

Paradoxalement, celui-là lui disait simplement :

— Découvre-moi, prends le temps de m'apprivoiser, doucement, doucement, plus doucement encore...

Celui-là n'était pas comme les autres. Le plus surprenant, c'est qu'il demandait, lui, à être apprivoisé !

Zela eut besoin de beaucoup d'années pour comprendre cette attitude nouvelle pour elle.

Je ne peux vous dire la suite, car cela relève justement... de l'intimité.

Ce que je sais, c'est que Zela a besoin de temps pour elle. Pour apprivoiser son propre regard. Au lieu de se voir elle, faisant l'amour, elle verra son partenaire oser s'abandonner, lui.

Un jour, un sous-bois les entendra rire ensemble...

J'ai imaginé, hier au soir, que Zela la gazelle s'est élancée vers plus de son intimité dans un envol de vie qui l'étonne elle-même.

Le conte du cancer qui voulait avoir
la première place dans la vie d'une femme

Il était une fois un myélome qui espérait faire la deuxième tentative de sa vie. Il y a quelques années, il avait déjà tenté une première percée, couronnée de succès pendant quelques mois. Il était sorti de son trou et avait commencé à envahir un organisme vivant. Il avait provoqué à cette occasion quelques dégâts importants dans le corps et les organes vitaux d'une créature vivante. Une femme, pour tout vous dire.

Celle-ci ne s'était pas laissé faire, elle avait utilisé toutes les ressources dont elle disposait pour combattre ce myélome.

Tout d'abord elle avait pris la décision de « bien » vivre chaque heure de chaque jour, chaque minute de chacune de ces heures, chaque seconde de ces minutes de sa vie à venir. Même si celle-ci devait se terminer dans quelques semaines, dans quelques mois ou dans un an…

Elle avait aussi averti ses amis, qui furent étonnés et déroutés par sa requête :

— Quand vous m'appellerez à l'avenir au téléphone, je vous demande de vous intéresser à ma personne… et non à ma maladie. Chaque fois que vous m'interrogez : « Alors, tu vas bien ? » j'ai le sentiment que vous me demandez si ma maladie se porte bien ! Je souhaite avoir votre intérêt et votre amitié pour autre chose que ma maladie.

Cela les avait surpris au début !

De plus elle avait symbolisé son myélome par un objet, pour se différencier de lui et ne plus être confondue avec lui !

Et surtout elle avait dynamisé sa vie, de façon extrêmement vivifiante, s'engageant dans des projets, dans des actions à court et à long terme.

Le myélome avait compris qu'il n'avait aucune chance de poursuivre son avancée dévastatrice. Lui, qui habituellement triomphait en quelques mois, lui qui terrassait toute créature vivante sans espoir de guérison, était retourné à son sommeil.

Seulement voilà, cette femme qui s'appelait Sirhc n'avait pas prévu que tout son entourage allait d'une certaine façon, sans le savoir, sans le vouloir intentionnellement, mais en le produisant effectivement, réactiver, restimuler les velléités du myélome.

Certains de ses collègues, par exemple, lui rappelaient en la voyant en excellente forme :

« Qu'un myélome pouvait s'endormir et se réveiller... »

D'autres encore lui signalaient :

« Qu'une de leurs amies, après une rémission de quatre ans, ce qui était déjà exceptionnel... ! eh bien, avait rechuté et était morte ! La pauvre ! C'est pas juste quand même ! » ajoutaient-elles.

D'autres, plus rares, ne supportaient pas l'idée d'une guérison. Ils ne pouvaient pas croire que Sirhc avait

triomphé du myélome. Ils voulaient la mettre en garde
« pour son bien ! » contre

« une trop grande confiance en elle, un aveugle-
ment, une trop grande certitude… »

Bref, comme vous le sentez en me lisant, une véritable pollution relationnelle se développait insidieuse-
ment. L'équivalent des pluies acides qui parfois
ravagent toute une région. Car il faut le savoir, il y a
beaucoup de points communs entre l'écologie et les
relations humaines !

Cette pollution insidieuse et constante affaiblissait
les défenses de Sirhc, chargeait ses ressources de poison, diminuait ses possibles de vie.

Un matin, elle perçut sa vulnérabilité, son épuisement, sa faiblesse et sa lassitude à poursuivre la lutte,
comme une redoutable ouverture au retour du myélome, une véritable invitation. Elle décida de se posi-
tionner à nouveau, vis-à-vis de lui et de son entourage.

Elle rédigea en ces termes une petite carte de visite,
pour toutes ses connaissances, ses parents, ses amis.
Sur laquelle elle précisa les points suivants :

Bonjour,
Laissez-moi encore me présenter à vous qui croyez me
connaître.

Je m'appelle Sirhc. Je commence, à quarante ans, à
m'aimer. Je prends beaucoup d'intérêt à dialoguer avec mon
corps. Je ne suis pas devenue une spécialiste du myélome,
donc inutile de m'en parler sans arrêt, de me consulter. Je ne
suis pas un modèle de la lutte anticancéreuse et ne veux en
aucun cas être assimilée à une malade en sursis.
Oui, je suis porteuse d'un myélome et j'ai établi une relation de vie avec lui.
Je vous invite à ne pas m'assimiler à une maladie, qui vous

---

fait parfois peur. Pouvez-vous faire quelque chose pour votre peur ? Pouvez-vous prendre soin de vos inquiétudes ?

Pour ma part, je prends soin de moi et je vais beaucoup mieux.

Il n'est pas facile, comme vous le voyez, de prendre de telles initiatives. Elles sont mal vues, mal entendues, mal comprises et suscitent, dans un premier temps, rejet, colère, jugements de valeur intempestifs.

Mais rappelez-vous bien qu'il y a des parallèles très étroits entre l'écologie, c'est-à-dire l'ensemble de nos relations à la Planète Terre, et les relations humaines.

Un jour viendra où nous comprendrons mieux comment nous diffusons, chacun d'entre nous, des énergies négatives ou positives.

Nous entendrons enfin la grande vulnérabilité de chaque être humain et le peu d'immunité personnelle devant les agressions inconscientes de nos proches, qui, avec les meilleures intentions du monde, avec beaucoup d'amour parfois, nous violentent.

Nous polluent aussi, avec leurs angoisses ou leurs désirs énergétivores posés sur nous avec parfois trop d'insistance.

Le conte du petit garçon qui voulait
mourir aujourd'hui parce qu'il ne voulait
pas mourir quand il serait grand

Il était une fois un petit garçon de cinq ans qui murmura un soir à son Papa juste avant d'aller au lit :

— Tu sais, moi, je voudrais mourir aujourd'hui avant que la nuit arrive, parce que je ne voudrais pas mourir quand je serai grand. **C'est trop triste de mourir quand on est grand !**

Son Papa fut très étonné de cette réflexion chez un enfant si jeune. Il fut même un peu inquiet, il faut le dire.

Mais c'était un Papa qui réfléchissait et qui savait que les enfants ne parlent jamais pour ne rien dire, qu'ils disent toujours quelque chose de très important, même avec des phrases qui inquiètent les adultes.

Alors ce Papa-là se mit à réfléchir... sur sa propre enfance. Il fit un long chemin dans son histoire, retrouva les souvenirs enfouis, les bons avec des regrets, les nostalgiques, les douloureux et les horribles aussi.

Et ce qu'il recueillit le remplit d'un chagrin incroyable.

Il découvrit qu'il n'avait jamais eu d'enfance. Oui, qu'on lui avait volé en quelque sorte sa vie d'enfant. Qu'il avait été tout de suite, très tôt un « grand », puis un « père » pour ses frères et sœurs, pour sa maman, pour son papa même.

Comme il était grand, fort, tout le monde croyait qu'il était plus âgé que son âge… et qu'on pouvait donc s'appuyer sur lui ! Toute sa vie, il l'avait passée à jouer ce rôle comme enfant « grand », puis adulte comme « homme fort », qui devait aider les autres, trouver les solutions, résoudre les problèmes… Il était même devenu un spécialiste des difficultés en tout genre, un véritable soi-niant !

Un soir il décida de parler à son petit garçon, qui s'appelait Thomas.

— Ce que tu m'as dit un soir m'a fait beaucoup grandir.

Le petit Thomas le regardait gravement. Il lui parla de son enfance et lui dit :

— Je crois que tu as raison de vouloir vivre ta vie d'enfant au maximum. Toi, tu as envie de vivre ton enfance à temps plein, tu ne veux pas attendre plus tard.

Je sais combien il est difficile de devenir vraiment grand, autonome, c'est très dur. Alors, grâce à ce que tu m'as dit l'autre soir, eh bien, moi, j'ai décidé de grandir enfin réellement et de mourir le plus tard possible. J'ai vraiment envie de vivre ma vie à plein temps.

Le petit garçon prit la main de son Papa, qui était une grande patasse et il mit les deux siennes dans cette grande main de son Papa, en lui disant :

— Alors, moi je n'aurai pas besoin de t'aider à grandir, Papa, j'ai donc le droit d'être petit pendant encore quelques années… !

Ils se dirent encore plein de choses étonnantes ce

soir-là et même par la suite, car ils avaient appris à se parler et à s'écouter…

Je dois vous dire que cette histoire est remarquable, car il est rare, en dehors des films américains, qu'un fils et son père se parlent directement sans réticences, ni obstacles. Oui, habituellement on ne voit cela que dans les feuilletons américains, plus rarement dans la vie.

Ainsi se termine le conte du petit garçon qui voulait mourir aujourd'hui parce qu'il ne voulait pas mourir quand il serait grand.

Le conte de l'ex-petite fille qui craignait
que si elle se rapprochait trop de son père,
celui-ci disparaisse comme père

Il était une fois une petite fille qui avait plein de désirs, mais vraiment plein de désirs.

Des désirs tous azimuts, multiples, qui se combattaient en elle, qui se concurrençaient.

Dans sa vie de tous les jours, elle n'arrivait pas à faire des choix : étudier tel ou tel auteur, lire tel ou tel livre, suivre telle ou telle orientation... faire telle ou telle activité, elle se sentait bloquée, coincée, incapable de prendre une décision.

C'était terrible pour elle, cette difficulté impitoyable.

Un jour, elle décida de s'approcher de son père. Elle le fuyait depuis longtemps, elle le disqualifiait, voyant en lui plein de défauts.

Oui, elle décida de s'approcher plus près de lui.

Comme elle ne savait pas choisir, elle se paralysait à ne rien faire. Elle, qui avait tant de désirs, paraissait n'en avoir aucun.

Elle commença par lui écrire une lettre qui débuta ainsi :

« Papa, je voudrais te dire combien tu es important pour moi, te dire aussi tout l'amour que j'ai pour toi et encore toutes les peurs qui m'habitent et qui m'empêchent de me laisser aller, d'être gentille et tendre avec toi. Nous qui étions si proches quand j'étais petite, te souviens-tu quand, après le repas, je grimpais sur tes genoux ?

« J'avais droit à un petit moment, à moi toute seule. Certains soirs je faisais semblant de m'endormir pour que tu me portes dans tes bras jusque dans ma chambre. Je me faisais très lourde pour te garder le plus longtemps possible. Je me souviens encore quand tu me faisais sauter en l'air et que j'avais très peur, quand on jouait à l'ours, que tu me serrais très fort dans tes bras et que je te disais : "Arrête, papa, arrête papa, encore, encore !"

« Je me souviens que j'aimais te peigner et que je mettais mon doigt dans tes oreilles. Je me souviens de plein de moments qui ne sont plus.

« Et je ne sais plus quand, j'ai commencé à avoir peur de toi. Je ne sais plus quand tout a commencé à se coincer, quand quelque chose s'est fermé entre nous deux !

« Il n'y a pas eu de drame, pas d'esclandre, juste une série d'événements tout bêtes, presque insignifiants mais qui soudain prenaient des proportions énormes.

« Un jour, tu as dû faire une réflexion sur ma mini-jupe ou sur mon amoureux comme tu disais. Un autre jour sur mes études, sur mes idées… Et là, j'ai commencé à te trouver bête, à te détester. J'avais même honte de toi. Je trouvais que tu ne comprenais rien. Je ne voulais pas que mes amis découvrent que j'avais un père comme toi. J'ai eu besoin de te critiquer, de te rabaisser même. Et puis j'avais l'impression que tu me rejetais, que tu ne m'aimais plus ! que tu m'empêchais de vivre !

« Alors là, pour t'embêter, j'ai fait l'inverse de tout ce que tu me disais de faire.

« Je voulais vraiment te blesser, te montrer que tu ne comprenais rien.

« Nous en avons beaucoup souffert tous les deux et moi pour rien au monde je ne l'aurais avoué.

« Papa, nous avons manqué nous perdre plusieurs fois.

« Tu as prononcé des phrases terribles :

"Moi, si ma fille me ramène un polichinelle à la maison, elle n'est plus ma fille."

« ou encore :
"Oh ! toi, avec le caractère que tu as, jamais personne ne voudra de toi."

« Quand j'ai passé le permis :
"Une personne dans la lune comme toi ne devrait pas conduire. L'inspecteur qui t'a donné le permis est un criminel…"

« Je ne pouvais rien te dire, car tu avais réponse à tout. Je faisais exprès de t'attaquer sur la politique, je trouvais que maman était une vraie poire de rester avec un type comme toi.

« Papa, tu ne peux pas savoir comme j'avais besoin de te tenir à distance et combien cela me faisait mal, papa !

« Aujourd'hui, j'ai l'impression qu'il me faut t'apprivoiser. J'ai envie de redécouvrir tes grosses mains qui me faisaient si peur, de m'approcher de toi, de poser ma tête sur ton épaule, de me laisser aller en te chuchotant :

"Papa, même si je suis devenue une femme, je reste ta fille, je te vois bien comme mon papa et je me vois comme ta fille."

« J'ai besoin de t'apprivoiser papa, de te retrouver pour pouvoir être celle que je suis.

« Aujourd'hui, je comprends mieux que tu représentais sans le vouloir une menace, un danger.

« J'avais peur des voleurs. A douze ans, je fermais la porte de ma chambre à clé, j'ai pris quinze kilos et plus. Quelques années après j'en ai perdu vingt-cinq.

« Oui, je peux te le dire avec simplicité, car j'ai mis longtemps à oser me l'avouer, j'avais peur de te perdre comme père. Papa, c'est horrible, mais je craignais que si je m'approchais trop près, tu en viennes à perdre le contrôle, que tu te transformes en homme.

« C'était terrible cette peur-là. Je n'osais même pas m'avouer que je l'avais. Je me demande si toutes les filles ressentent cela. Je ne sais pas, nous n'en avons jamais parlé. Entre nous, c'était un jeu. Moi, devant mes copines je te défendais toujours, il n'y avait que moi… qui avais le droit de te critiquer !

« C'est difficile d'oser entendre des choses qu'on ne sait même pas que l'on sait.

« J'ai un grand soulagement de t'avoir écrit tout cela. Je n'attends pas de réponse, simplement que tu m'accueilles quand je viendrai près de toi, que tu m'ouvres grands les bras comme un papa tout heureux de retrouver sa fille.

« Je t'embrasse très fort. Ta fille. »

Ainsi se termine le conte d'une ex-petite fille qui aurait tant voulu se rapprocher de son papa avant qu'il ne soit trop tard.

Le conte de la petite fille qui avait un rêve
de bonheur

Il était une fois une petite fille qui avait un rêve de bonheur. Il y a comme cela de par le monde des petites filles douées pour le bonheur. D'abord elle était née un soir d'été, alors que dans le ciel éclataient les premiers feux d'artifice de la fête de la Liberté. Par la suite, sa peau se gorgeait de soleil dès qu'apparaissaient les premiers rayons et ces couleurs de miel ou de pain bis dont elle se revêtait la rendaient éclatante de joie. Par la suite son visage s'illumina avec une belle rangée de dents dites « de la chance » et chacun s'amusait de ses fossettes rieuses. Oui, elle était très attirée par le bonheur.

Mais autour d'elle, on lui disait, on lui montrait comment il fallait souffrir, travailler ou se sacrifier avant de goûter au bonheur. On lui avait même laissé croire qu'il valait mieux inscrire dans son corps quelques marques ou cicatrices révélatrices de sacrifices notoires, pour mériter plus tard un peu de bonheur.

Comme elle n'avait aucun goût ni pour les souffrances, ni pour les sacrifices, ni pour le travail, et qu'elle aimait rire dans le soleil, s'amuser, se réchauffer auprès d'amis, elle se trouva vite en conflit et rapidement elle préféra renoncer à son rêve de bonheur, n'y plus penser plutôt que de le détériorer ainsi. Elle le cacha au fond d'une malle. Très vite, le rêve perdit de son éclat et de sa vivacité, puis elle l'oublia.

La petite fille, devenue grande, poursuivit des études, se maria et eut beaucoup d'enfants… Tout ce qu'il faut pour que, comme dans les contes, on puisse accéder au bonheur. Nulle ombre de bonheur ne vint effleurer sa vie.

Elle vécut ainsi, avec économie dans la persévérance, la peine, les obligations et les devoirs. Peu à peu son sourire lui-même se figea sur son visage. Il lui arriva même de rabrouer ceux ou celles qui se permettaient de rire un peu trop bruyamment. Chaque jour elle s'efforça de tenir convenablement le rôle qu'on lui avait appris.

Pour cela elle veillait à ce que chacun, autour d'elle, reçoive son comptant de bonheur. Cela, c'était permis et même recommandé, mais pas plus !

Quelques fois, cependant, elle percevait qu'en elle vibraient des désirs argentés, elle vivait des tiraillements, des petits pincements au cœur, mais elle ne connaissait pas d'autres façons de faire.

Un jour, alors qu'elle était devenue vieille, que ses enfants étaient partis, qu'elle pensait avoir accompli sa tâche, son rêve d'enfant lui toucha doucement le front. Elle retrouva le coffre où elle avait enfoui son rêve de bonheur, le retourna en tous sens. Elle en sortit les vieilles souffrances accumulées, les rancœurs, les abnégations, les interdictions, quelques travaux, mis de côté pour les jours où elle manquerait d'ouvrage. Elle retrouva même les recommandations… Les conseils de ses vieux maîtres en éducation qui lui avaient enseigné tout ce qu'elle devait retenir et modifier dans son attitude pour parvenir à vivre des relations harmonieuses.

Elle écarta tout cela, d'abord avec lenteur, puis rejeta le tout. Cela lui coûtait beaucoup de se séparer de ces vieilles choses mais elle avait besoin d'aérer sa vie. Tout au fond du coffre, bien à plat, bien rangé, elle vit son rêve de bonheur, toujours aussi soyeux et joyeux. Il n'avait pas pris une ride, peut-être même lui apparut-il plus beau encore. Elle s'en saisit et le serra très fort sur son cœur, elle sentit que tout au fond d'elle, elle ne l'avait pas quitté mais qu'il lui avait terriblement manqué. Elle décida de ne plus s'en séparer.

Elle a aujourd'hui libéré ses éclats de rire. Elle sait accepter, avec chaque fois le même émerveillement, les plaisirs qui sont bons pour elle. Elle sait aussi s'éloigner des contraintes qui lui rappellent les efforts d'antan. Elle redécouvre précieux son besoin de bonheur, de cadeaux colorés à recevoir, à entretenir.

Ceux qui l'approchent la perçoivent chaleureuse, rayonnante, authentique. Certains s'en éloignent, sceptiques, mais d'autres se mettent à leur tour à rêver de bonheur. Aujourd'hui, elle ne propose plus de recette, elle invite chacun à retrouver en lui-même ce très vieux rêve enfoui.

Le conte de la petite belette qui se posait
des vraies questions

Il était une fois une petite belette toute rousse avec des grands yeux rieurs et des dents toutes luisantes.

Cette petite belette avait aussi une toute petite queue, qui avait la particularité, ce qui est très rare chez les belettes, d'être retroussée en l'air. Quand elle courait dans les bois, il y avait toujours des petites brindilles qui s'accrochaient à ses poils tout roux.

Un jour cette petite belette rencontra un écureuil qui pleurait au pied d'un arbre, elle s'arrêta tout étonnée et lui dit dans le langage des écureuils et des belettes, qui est le même :

— Je vois que tu pleures, as-tu envie de me parler ?

L'écureuil, entre deux sanglots, lui répondit :

— Je suis très triste car il y a eu un accident très grave dans ma famille. Mon papa a été blessé aux deux pattes de devant, ce qui fait qu'il ne peut plus grimper aux arbres. Ma maman travaille beaucoup et j'ai peur qu'elle tombe malade, et puis comme notre maison n'est plus habitée, je crains qu'un autre écureuil vienne s'installer et nous abîme tout l'intérieur, et puis la saison des pluies va arriver et mon poil n'a pas assez poussé et j'ai peur d'avoir froid, et puis mon meilleur copain s'est disputé avec moi et ne veut plus me parler, et puis ma copine écureuille m'a dit que décidément j'étais trop pessimiste, que j'avais peur de tout, que je voyais tout en noir, que je dramatisais toujours les événements, que je ne savais pas rire, que j'avais la larme facile, que...

— Oh ! là ! là ! arrête, lui dit la petite belette, là il y en a trop, moi je ne veux pas passer ma vie à écouter les malheurs des autres, surtout quand ils les entretiennent avec autant de facilité.

Tu sais, moi aussi j'ai des chagrins, et des gros parfois. Bon d'accord, la vie n'est pas toujours marrante, mais une fois que j'ai vu ce qui n'allait pas, je peux en parler un bon coup avec ma mère, ou mon père, ou avec une copine !

Et puis, moi, j'aime rire (des fois je ris à l'intérieur de mon ventre et mon poil devient tout brillant). J'aime courir, jouer, discuter avec mes amies, parler de l'avenir, de ce que je ferai quand je serai grande. Je serai une grande belette ultrarapide. J'aime aussi regarder le ciel, les soirs de pleine lune, quand il y a plein d'étoiles qui me font de l'œil.

Et puis tu veux que je te dise, moi, j'ai des questions drôlement importantes dans la tête — par exemple :

— Comment on sait qu'on est réellement la fille de sa mère, hein, comment on le sait ça ?

— Et comment on peut être sûre d'être la fille de son père ? C'est vachement difficile de savoir avec certitude. C'est des vraies interrogations ça.

Alors, le petit écureuil se redressa d'un bond et soudain tout joyeux dit :

— Eh bien, moi, je sais tout ça. Il y a un moyen infaillible de savoir si on est le fils de sa mère et de son père.

— Ah bon, dit la petite belette qui s'approcha soudain du petit écureuil avec un regard tout ému. Tu peux me le dire, ce moyen ?

— Oui, dit le petit écureuil, mais c'est un moyen qui est valable seulement pour chacun. Le mien est valable pour moi, et le tien est seulement valable pour toi.

— Oui, mais c'est lequel, ce moyen ? s'impatientait la petite belette.

— Je vais te le dire, approche un peu, lui dit le petit écureuil.

Ce moyen, c'est de demander d'abord à sa maman :

— Dis-moi, Maman, comment tu m'as reconnu, comment tu as su que j'étais vraiment ton fils ?

— Et elle répond quoi, la maman ?

— Eh bien justement, la réponse varie d'une maman à l'autre. Il n'y a pas de réponse unique, valable pour tous. Chaque réponse est personnelle, car chaque maman a une réponse à elle.

— Et pour les papas comment il faut faire ?

— Là c'est plus difficile, lui dit l'écureuil, car les papas ils ont du mal à parler d'eux. Les questions trop personnelles les embarrassent souvent.

Des fois, ils se lancent dans des grands discours où tu comprends rien, mais rien du tout alors ! C'est compliqué les papas, ils ont souvent peur de leurs sentiments, et surtout de leurs émotions, alors ils veulent t'expliquer au lieu de parler d'eux. Mais certains papas répondent tout de suite — ils te disent comment ils savent que tu es leur fils ou leur fille sans hésiter. Comment ils t'ont reconnu et comment ils ont la certitude que c'est bien toi leur enfant et pas une autre belette ou un autre écureuil.

— Alors il faut que je demande à ma mère et à mon père ? interrogea la belette.

— A mon avis il n'y a pas d'autre moyen, confirma l'écureuil.

A ce moment-là, la petite belette s'aperçut que l'écureuil ne pleurait plus, qu'il semblait au contraire apaisé, joyeux.

D'ailleurs avant de la quitter, le petit écureuil lui dit :
— Je voudrais t'embrasser tu sais, parce que tu m'as fait beaucoup de bien avec tes vraies questions, je m'en souviendrai toujours.
— Alors adieu, soupira la petite belette, avec des regrets dans la gorge, adieu, car moi je vis surtout dans les grandes herbes et toi plutôt dans les grands arbres.

Ainsi se termine le conte de la petite belette qui se posait des vraies questions.

Le conte du petit poisson qui avait une si grosse colère en lui… qu'il aurait pu avaler toute la mer

Il était une fois un petit poisson appelé Cenvin. Ce petit poisson vivait dans une mer lointaine, un peu petite mais avec plein, plein d'autres poissons.

Il faut dire encore que ce petit poisson habitait chez ses parents. Et que son papa poisson et sa maman poisson étaient très sévères avec lui.

On ne sait pourquoi, ils l'empêchaient de faire des tas de choses[1]. Ils lui reprochaient de nager, de jouer, de faire du bruit avec sa bouche, bref, ce petit poisson avait toujours le sentiment qu'il ne faisait jamais ce qu'il fallait. Il se demandait souvent si ses parents étaient ses vrais parents, tellement ils lui paraissaient sévères. Des fois, il se sentait en trop. Mais d'abord, il avait très peur, de son papa surtout, un peu moins de sa maman, mais quand même un peu. Cette peur, il la cachait tout au fond de lui, jamais, jamais il ne l'aurait avouée à quelqu'un, d'ailleurs à qui parler ? Les autres poissons, eux, paraissaient ne pas avoir peur.

Aussi chaque matin, ce petit poisson qui s'appelait

1. Peut-être avaient-ils peur qu'il se fasse du mal, ou qu'il se perde ! Ils ne l'ont jamais dit car les parents poissons ça ne parle pas beaucoup d'eux. Ne dit-on pas parfois : « Muet comme un poisson ! »

Cenvin, quand il arrivait à l'école des poissons, vous savez ce qu'il faisait ? Eh bien, d'un seul coup, il nageait vers les autres poissons qui étaient dans la cour de l'école et il les mordait. Oui, il les mordait avec sa bouche de poisson, comme ça, cratch, cratch ! Il tapait dessus avec ses nageoires, avec sa queue. Il leur lançait de l'eau dans les yeux pour qu'ils pleurent. Oui, oui, ça pleure un poisson. On ne le voit pas parce que cela se mélange avec l'eau de la mer, mais ça pleure un poisson.

Bien sûr, tout le monde, tous les autres poissons étaient chaque fois étonnés de voir le petit poisson Cenvin mordre et taper comme cela.

Les autres petits poissons avaient peur de lui. C'était comme ça ! Puisque lui avait peur de son papa et un peu de sa maman, alors il faisait peur aux autres poissons.

Mais tout au fond, il était très triste. Et si vous saviez comme c'est triste la tristesse d'un petit enfant poisson ! C'est tellement triste que des fois l'eau de la mer en devient toute grise, noire.

Des fois on voit comme ça la mer toute noire, pas bleue du tout, ni verte, ni heureuse, toute noire. Eh bien je vous le dis, c'est à cause de la tristesse des petits enfants poissons !

Un jour, la maîtresse d'école des poissons s'approcha de Cenvin et lui dit :

— Je t'ai vu souvent taper les autres petits poissons. D'ailleurs, la plupart du temps je t'en ai empêché. Moi, je ne veux pas que les autres petits poissons aient peur de toi.

J'ai bien remarqué qu'il y a souvent beaucoup de colère en toi.

Certains jours une grande colère toute rouge. Hier au soir, avant d'aller me coucher, j'ai pensé à toi et j'ai beaucoup réfléchi, puis j'ai eu une idée !

Je t'ai apporté une boîte où tu pourras mettre ta colère. C'est une boîte où les petits enfants poissons peuvent déposer leur colère. Le matin quand tu arrives, tu peux mettre ta colère dans la boîte et le soir, si tu veux, je te la rends, pour rentrer à la maison. Si tu le souhaites, ta colère peut dormir ici dans l'école pendant la nuit. Comme ça, elle sera reposée demain matin…

Le petit poisson Cenvin tout étonné dévisagea la maîtresse des poissons. Il ne savait pas qu'il y avait des boîtes à colère, des boîtes à peur, des boîtes à tristesse où l'on pouvait mettre ses colères, ses tristesses ou ses peurs.

Ce matin-là il ne dit rien, mais le lendemain il arriva avec un tout petit coquillage qu'il avait trouvé sur le chemin de l'école, tout au fond de la **mer**.

Il dit à la maîtresse d'école des poissons :

— Maîtresse, je voudrais mettre ma tristesse de ce matin dans la boîte à colère…

La maîtresse prit le petit coquillage, le regarda longuement et vit que c'était bien une grande tristesse qu'il y avait dedans. Elle comprit que les colères sont des tristesses qui ne peuvent se dire autrement. Elle mit le petit coquillage dans la boîte à colère comme le lui avait demandé le petit poisson Cenvin. Et je crois même qu'elle l'embrassa, mais je n'en suis pas sûr, parce que je ne sais pas comment les poissons s'embrassent !

La suite de l'histoire ? Eh bien, je ne sais pas encore. La maîtresse d'école des poissons m'a dit qu'un jour elle me raconterait.

J'ai appris depuis que d'autres maîtresses d'école, chez les poissons, avaient pris l'habitude de proposer des boîtes pour déposer à l'intérieur les sentiments pénibles. De façon à ce que les enfants poissons ne restent pas encombrés, habités ou pollués toute la journée par des pensées négatives. Je crois savoir que ça pourrait marcher aussi avec les petits d'hommes.

Ainsi se termine pour l'instant le conte du petit poisson qui avait une si grande colère en lui... qu'il aurait pu avaler toute la **mer**.

Tous les contes ont pour racines notre relation aux mystères des origines de la vie, de la mort et de l'amour.

L'entrée en résonance, en harmonie de notre histoire personnelle avec celles transmises ou inventées par la tradition orale, par l'improvisation du présent, n'est pas le fruit du hasard mais bien un « accord » au sens musical du terme.

Quelle partie de moi est nourrie, guérie, amplifiée, réconciliée !

Quelle compréhension nouvelle de mon histoire et de ma vie me permet une parole venue de si loin !

Quelles vibrations, quelles énergies vont devenir un trait d'union entre le visible et l'invisible de mon chemin !

Les contes sont une création de notre réel face à la réalité parfois étrange, souvent absurde ou insipide mais toujours étonnante qui nous entoure.

Le conte du petit garçon qui savait
réveiller la méchante sorcière toute noire
qui sommeillait chez sa mère

Il était une fois un petit garçon qui savait comme ça, de naissance, sans que personne le lui ait dit, qu'il y avait une sorcière très méchante, très colérique et même horrible à l'intérieur de sa maman. Mais cette sorcière ne lui faisait pas peur car il aimait beaucoup sa maman.

C'était vraiment un petit garçon formidable, génial. Il connaissait par exemple plein de trucs pour réveiller la sorcière, la faire sortir de sa mère qui se mettait alors à hurler, à taper sur tout ce qui était à sa portée, à casser plein de choses dans la maison, puis à s'enfermer dans sa chambre en claquant la porte... pour pleurer derrière, toute seule.

— Va-t'en, lui criait-elle quand il s'approchait pour la consoler, va-t'en, je n'ai pas besoin de toi.

Et pourtant cette femme adorait son enfant. Elle débordait de tendresse pour lui, se sentait responsable de tout ce qui arrivait à son fils. Et lui aussi, je l'ai déjà dit, adorait sa mère, se montrait très souvent gentil, serviable et tendre avec elle.

Mais à certains moments, ça recommençait. Il connaissait plein de moyens pour irriter sa maman, faire sortir la sorcière. Comme par exemple de se coucher à moitié sur la table pendant les repas.

— Tiens-toi droit pour manger, arrête de te vautrer à table…

Et lui, il faisait le sourd, se couchait encore un peu plus, tordait sa bouche, trempait sa manche dans l'assiette. Alors là, ça débordait… chez la mère.

— C'est insupportable, mais qu'est-ce que j'ai fait au Bon Dieu pour mériter un enfant comme celui-là !

Et les cris, les reproches, les accusations tombaient sur sa tête, avec des coups souvent.

Il faut savoir que ce petit garçon avait été attendu, désiré, espéré par sa mère et par son père. Il avait été même conçu dans le plaisir, il y avait de cela six ans et neuf mois en plus (il faut toujours compter les mois passés dans le ventre !).

Ainsi s'écoulèrent les années. Ce garçon connaissait vraiment plein de façons pour déclencher la colère de la sorcière qui était à l'intérieur de sa maman. Des petits riens de rien du tout, mais qui faisaient un effet terrible sur sa mère. Par exemple il savait ne pas se laver le matin et s'arrangeait pour que sa mère le découvre juste au moment de partir en classe… drame-coups-cris-pleurs, etc.

Il savait aussi prendre l'air absent comme s'il n'était pas là. Il partait très loin, mettait les doigts dans son nez ou encore, avec un vieux crayon il dessinait sur les murs du salon, découpait des journaux entiers en petits morceaux…

Ça alors, ça déclenchait la sorcière qu'il y avait dans la mère. Elle hurlait :

— Mais qu'est-ce que tu as, sale môme, qu'est-ce que tu as dans la tête !

Elle croyait évidemment que cela se passait dans la tête.

Ce qu'elle ne disait pas, c'est qu'il y avait en elle une envie folle de lui cogner la tête contre les murs, de lui attacher les mains, d'aller le perdre dans la forêt comme le Petit Poucet, si elle avait osé.

Elle se sentait parfois capable de tout, mais capable de tout... et aussi très coupable. Avec des envies de lui tordre les mains, de le secouer, de lui crever les yeux. Oui, elle imaginait tout cela.

C'était horrible pour elle, toutes ces idées qui lui passaient... par la tête. Alors elle faisait son possible pour cacher tout cela, pour ne pas montrer toute la violence qu'il y avait dans son corps. Elle essayait de comprendre, de discuter, de demander :
— Pourquoi ? Mais pourquoi tu fais tout ça mon chéri, disait-elle, pourquoi ?

Et ces pourquoi sans réponses la mettaient encore plus en colère.

D'autres fois, comme vous le savez déjà, elle partait dans sa chambre, pour se cacher de toutes ses mauvaises pensées. Elle revenait les yeux rouges, préparait le repas en silence. Mais ces jours-là, ce n'était pas très bon, il y avait comme un goût de mauvais dans les assiettes, un goût de rancœur...

Elle avait alors des gestes prudents pendant quelques jours, comme si elle craignait de casser son fils... ou d'imploser à l'intérieur d'elle.

Et puis patatrac, tout recommençait. Avec sa fourchette, il tapait par exemple sous la table. Oh ! pas fort, mais un petit bruit régulier, régulier, sans fin… INSUPPORTABLE.

— TU VAS ARRÊTER, OUI ! C'EST PAS POS-SIBLE UN ENFANT COMME ÇA !

Des fois, il se couchait avec les chaussures… dans le lit, ne tirait jamais la chasse d'eau… avec plein de caca dans la cuvette et il déroulait tout le rouleau de papier jusque dans… la cuisine !

— MERDE À LA FIN ! criait la mère. OÙ TU TE CROIS… ?

Cela durait depuis des années.

Puis un jour, la mère comprit que ce petit garçon qu'elle avait était un enfant formidable, plein de ressources, et surtout un enfant très aimant, très fidèle.

Oui, tout s'était passé comme si son enfant avait su depuis toujours qu'elle avait été elle-même une enfant trop silencieuse, qui n'ouvrait jamais la bouche, qui ne contrariait personne. Que, toute petite, elle n'avait jamais fait de bruit, jamais montré sa tristesse ou sa joie, jamais exprimé ses colères ou ses enthousiasmes. Et lui, le petit garçon, c'est comme s'il avait entendu tout cela, sans que jamais personne en parle.

Comme s'il disait à sa mère, en faisant des bêtises :

— Mais oui, tu as le droit de crier, tu as le droit, Maman, de montrer ta colère, tu n'as jamais pu le faire toute petite… Alors moi je le fais pour toi. Je t'aide, Maman, à mettre au monde toute la violence qu'il y a en toi et que tu caches tout au fond de toi, depuis tant d'années…

Ce jour-là, elle osa lui parler d'elle, de la petite fille silencieuse, gentille, inodore et sans saveur qu'elle avait été.

— Je faisais tout pour ne pas me faire remarquer, dans une pièce, c'est au bout d'une heure qu'on découvrait que j'étais là.

« Tiens, tu es là, toi, on ne t'avait pas vue… »

Elle parla longuement d'elle à son petit garçon, elle lui dit tout ce qu'elle n'avait jamais pu dire à personne d'autre. Elle sentit les larmes qui envahissaient sa gorge, sa bouche, ses yeux, ses oreilles. Elle pleura, longtemps, longtemps, dans les bras de son enfant. Puis elle le serra contre son cœur… et lui dit seulement ceci :

— Merci. Merci, je crois qu'aujourd'hui la vieille sorcière qui était en moi est partie pour toujours. Grâce à toi, j'ai pu la reconnaître, je peux enfin la laisser aller…

Ainsi se termine le conte du petit garçon qui avait su réveiller la sorcière si noire, si méchante qui dormait depuis si longtemps chez sa mère.

Le conte du petit arbre très courageux

Il était une fois dans un pays lointain, de l'autre côté de la mer, un petit arbre qui avait poussé presque tout seul, loin de ses parents, car les arbres ont des parents, beaucoup de gens l'ignorent.

Ce petit arbre avait eu beaucoup de difficultés au début de sa vie d'arbre. Par exemple, ses deux racines principales, celles qui lui permettaient de se tenir debout, de résister au vent, avaient été très abîmées. Mais c'était un petit arbre courageux, vraiment courageux.

La nuit, quand il pleuvait ou qu'un animal aurait pu lui marcher dessus et aussi le manger en croyant que c'était une herbe, il résistait, il s'accrochait à la vie. Et je peux vous le dire, ce n'était pas une vie facile, de vivre dans ce pays de guerres, de famines et de violences pour les petits arbres et même pour les grands !!!

Puis un jour, des arbres d'un autre pays vinrent le chercher pour vivre avec eux. Mais ses racines étaient très endommagées et le petit arbre très courageux fut plâtré. Dans le nouveau pays où il vécut, on a soigné ses racines et bientôt il a pu courir comme font tous les petits arbres. Il dut être opéré plusieurs fois, plâtré encore.

Puis il commença à vivre vraiment sa vie d'arbre. Il découvrit le nouveau pays qui était le sien, il commença à aimer ses parents-arbres adoptifs. Bref, il les adopta à son tour.

Ce que le petit arbre vraiment très courageux n'arrivait pas à dire, ce qu'il gardait comme un grand secret dans son cœur, c'était à la fois son désir de revenir un jour dans son pays de naissance, de retrouver sa terre et en même temps sa peur d'être renvoyé de son nouveau pays qui était maintenant le sien.

Il imaginait, dans sa tête de petit arbre, que si ses racines guérissaient totalement, alors ses parents adoptifs pourraient ne plus le garder. Ainsi il était tiraillé entre des sentiments opposés, il vivait un véritable combat en lui.

Il voulait guérir, ne plus être opéré et en même temps il avait très peur de guérir.

Je vous l'ai dit au début, c'est un petit arbre très courageux. Il adorait ses parents adoptifs, il voulait rester près d'eux et ne pouvait s'empêcher de penser :

— Si je ne guéris pas mes racines, peut-être qu'ils me garderont, mais si je ne guéris pas *de* mes racines, peut-être qu'ils me renverront !

Moi j'ai beaucoup d'admiration pour ce petit arbre et j'aimerais lui dire à l'oreille, tout près, rien que pour lui :

— Tu sais, même un petit arbre a le droit de grandir et de vivre dans un pays où il n'est pas né.

Si je le voyais, je lui offrirais un tout petit pot de la terre de son pays au-delà des mers. Et tous les soirs, avant de s'endormir, il pourrait regarder ce pot et se dire :

— Oui, j'ai le droit de rester ici avec mes nouveaux parents. Et grâce à ce petit pot de terre, de rester relié.

Et je suis sûr que tout cela lui donnerait envie de guérir et de devenir un arbre grand et tout feuillu, de la même couleur que ses parents dans son pays au-delà des mers. Oui, si je le rencontrais, je lui dirais tout cela !

Ainsi se termine le conte du petit arbre qui avait eu ses racines blessées et qui hésitait à guérir parce qu'il avait peur de grandir et d'être abandonné à nouveau.

Le conte de la petite fille d'aigle qui avait
tant reçu d'admiration qu'elle était pleine
de doutes…

Il était une fois une petite fille d'aigle… Oui, les aigles n'ont pas que des petits garçons, ils ont aussi des filles.

Vous devez savoir qu'il y a deux grandes particularités dans la vie des aigles.

La première c'est qu'ils doivent voler très tôt et très haut.

La seconde c'est qu'ils doivent durant toute leur enfance, et même la plus grande partie de leur vie, passer des examens.

Et cela est terrible dans une vie d'aigle. Très tôt, tout petit, pour passer d'une montagne à l'autre : examen. Pour passer d'une classe de vol à l'autre : examen. Pour apprendre à mieux voir de loin, à plonger dans le vide, à monter jusqu'à l'horizon : examens…

Pour avoir le droit d'apprendre d'autres langues : examens. Car les aigles sont capables de parler plusieurs langues !

Bref, la vie des enfants aigles, comme vous devez le sentir, n'est pas de tout repos.

Et la vie de cette petite fille aigle, que nous appellerons Marie, était particulièrement agitée, compliquée, douloureuse à vivre.

Comme chez beaucoup d'autres enfants aigles, il y

avait en elle des blessures, certaines visibles, la plupart cachées. Ce qui est sûr cependant, c'est qu'elle avait été très aimée et admirée par ses parents.

Et aussi étonnant que cela puisse paraître, c'est peut-être ce dernier point qui était le plus difficile à vivre pour elle.

Cela peut vous sembler curieux, mais ce n'est pas facile d'être admirée par des êtres aimés, car cela vous donne le sentiment que vous devez toujours être à la hauteur de cette admiration. Et pour un aigle, être à la hauteur, vous imaginez ce que cela peut vouloir dire !

Oui, c'était vraiment difficile pour cette petite fille de vivre dans le défi permanent de ne pas décevoir l'admiration de ses parents.

Ceux-ci, comme beaucoup de parents, ne savaient pas que le regard émerveillé qu'ils posaient sur leur enfant déclenchait autant de doutes, autant d'angoisses. Ils ne savaient pas qu'ils auraient dû être plus sensibles, plus vigilants et donc plus retenus dans leurs paroles, dans leur conduite.

Tout s'était passé comme si leur petite fille avait grandi trop vite. Vous savez, voler toujours plus haut dans le ciel, au-dessus des montagnes et des océans, par-delà les déserts, avec des doutes en soi, avec des angoisses noires, avec des pleurs plein les yeux, des pleurs qui vous aveuglent et vous empêchent de voir le soleil ou le ciel bleu, c'est vraiment pénible pour une jeune fille aigle.

Un jour arriva où elle allait avoir vingt et un ans. C'est toujours un âge important chez les aigles.

Depuis quelques semaines, cette jeune fille aigle avait le corps rempli de sanglots. Elle pleurait sans arrêt. Sûrement, tout le trop-plein de ses doutes, le trop-plein de son angoisse, le trop-plein du plein de ses colères rentrées. C'était quelque chose de très impressionnant de voir cette jeune fille aigle pleurer silencieusement en préparant justement un examen de haut niveau, un examen de plus, une épreuve pour aller plus loin dans l'espace de la vie.

Il faut savoir qu'il y avait aussi en elle une vieille blessure très ancienne, mal cicatrisée, qui s'infectait souvent. Une blessure liée à la peur des jugements.

C'est un des paradoxes de la vie des aigles, surtout si on a été très admiré, d'être hypersensible, vulnérable à tout jugement négatif. Les aigles ne supportent aucun jugement négatif !

Cette ex-petite fille se souvenait encore avec douleur, avec colère, d'une phrase prononcée par sa maîtresse d'école, dans la première année de ses études. La maîtresse d'école des enfants aigles lui avait dit un jour avec un air pincé :

— Mais tu ne comprends rien, tu dois avoir du fromage blanc dans la tête...

Ah ! ce fromage blanc, comme il avait été lourd à porter pendant des années ! Comme il pesait encore sur ses doutes ! Comme il se transformait avec les ans en angoisses de ne pas savoir, de ne pas savoir faire !

Vous allez me demander, mais comment cette enfant aigle qui avait reçu tant d'amour, d'admiration de la part de ses parents, comment allait-elle pouvoir retrouver sa confiance, s'alléger, prendre sa véritable autonomie, c'est-à-dire être capable de découvrir elle-même son propre amour de la vie ?

Je n'ai pas de réponse à cela.

Il m'arrive parfois de lever les yeux et d'imaginer

là-haut, très haut dans le ciel, une enfant aigle, qui plane, qui vole, qui s'élance pour découvrir l'immensité de l'espace et trouver ainsi sa place, sa liberté. Non pas au-dehors, car tout le ciel jusqu'à l'horizon du soleil lui appartient, mais à l'intérieur d'elle. Je rêve que cette enfant aigle trouve sa liberté dans un espace de confiance, à l'intérieur de son corps, à l'intérieur de sa tête. Et je suis ému à la pensée qu'elle est seule à pouvoir faire ce long chemin, toute seule pour le découvrir, l'explorer à l'intérieur d'elle-même et s'agrandir ainsi vers le meilleur de ses possibles.

Le conte de la petite fille qui voulait
pouvoir aimer sans limites

Il était une fois une petite fille qui vivait dans un curieux pays appelé depuis toujours : l'Afidélie. Les gens qui y vivaient portaient le nom de Fidéliens.

Dans ce pays très particulier les habitants ne pouvaient aimer qu'une seule personne à la fois. Il était absolument déconseillé d'aimer plusieurs personnes en même temps.

Très tôt les enfants apprenaient qu'ils devaient choisir qui aimer et qui ne pas aimer. Tout se passait comme si l'éventualité d'aimer deux, trois ou quatre personnes en même temps allait déclencher le chaos. Une seule personne : femme, homme ou enfant, devait occuper tout l'espace de leur amour. La devise de ce pays était :

« Un seul amour par personne. »

Aussi dans ce pays-là, les amours ne duraient pas. La vie d'un amour était singulièrement courte.

Mais comment cela est-il possible, me direz-vous ?

Mais c'est l'évidence. Comme il n'était possible d'aimer qu'une seule personne, dès que quelqu'un faisait une nouvelle rencontre et qu'un sentiment naissait entre eux, il se sentait obligé de renoncer et même de quitter l'amour précédent pour oser vivre le nouvel amour.

Et comme la vie n'est faite que de rencontres et que chaque rencontre contient en germe le possible d'un amour, vous voyez la difficulté de certains.

Bien sûr quelques-uns résistaient… en s'attachant.

S'attacher à quelqu'un, c'est décider de se lier à lui et surtout de le vouloir proche. C'est aussi parfois essayer de le capter, de le posséder pour l'empêcher de nous quitter ou de s'éloigner. L'attachement était une pratique assez répandue dans ce pays.

Un jour, cette petite fille, dont je vous ai parlé au début, se révolta. Elle devait avoir dix ans environ quand elle interpella sa maman et son papa.

— J'ai besoin de vous parler. Ce que je vis est très grave, je suis en plein conflit à l'intérieur de moi.

Moi j'ai besoin de vous aimer tous les deux en même temps et aussi Jérémy mon meilleur copain et Sarah mon amie et encore Julie ma cousine.

Ce n'est plus possible pour moi de n'aimer qu'une seule personne à la fois.

Je sens que j'ai un cœur gros comme ça (elle fit le geste d'ouvrir ses deux bras) et dans mon cœur il y a plein d'amours différents. Il y a en moi la place pour plusieurs amours simultanés.

Elle était toute fière d'avoir trouvé ce mot.

Les parents furent terrifiés d'entendre cela.

— Ce n'est pas possible. Tu le sais bien !

Dans ce pays, on ne peut aimer qu'une seule personne à la fois. C'est pour cela qu'on nous appelle des Fidéliens.

— Mais moi je ne peux plus vivre comme cela, j'étouffe, s'écria la petite fille.

Le père essaya de ne pas se mettre en colère, il reprit posément son raisonnement en trois points !

— Il ne convient pas d'éparpiller ou de morceler ses sentiments. Si tu aimes ta mère, tu ne peux pas m'aimer moi, ton père, en même temps. Et quand tu m'aimes à mon tour, tu ne peux aimer ta mère.

La mère approuva le père et soutint l'argumentation par une conclusion péremptoire :

— Où irions-nous, si on acceptait comme cela d'aimer plusieurs personnes, simultanément, comme tu dis ? Ce serait la fin de toutes nos valeurs, la disparition de la famille, de notre sécurité. Cela voudrait dire que l'on n'aurait aucun espoir d'avoir reçu un amour entier.

La petite fille sentit qu'elle ne serait pas entendue, ni soutenue par ses parents.

Aussi, comme de nombreux enfants quand ils ne se sentent pas compris, elle s'enferma dans le silence.

Elle se confiait cependant à un petit chat, qui était son confident le plus intime, car lui ne lui dictait pas ce qu'elle devait penser, ressentir ou dire.

— Moi, je sais que je suis capable d'aimer plusieurs personnes avec un amour différent pour chacune, chuchotait-elle à son chat.

Le chat eut envie de lui répondre :

— Moi, je n'aime que toi.

Mais il préféra garder le silence et la regarda attentivement, les moustaches absolument immobiles.

La petite fille ajouta :

— Ce que je te dis là, je le sens profondément et quand je serai grande, je te le jure, j'apprendrai à mes enfants que nous avons cette liberté en nous d'aimer plusieurs personnes en même temps. Chacune avec ce qu'elle est, chacune pour ce qu'elle est, il y a en moi le possible de plusieurs amours uniques.

Mes amours ne seront ni éparpillés, ni morcelés, chacun de mes amours restera entier et unique.

Je ne sais pas si la petite fille, devenue grande, respectera son serment.

Ce que je sais, c'est qu'il existe un autre pays, appelé « Liberté des sentiments », où chacun sait qu'il peut aimer et être aimé de différentes personnes. Un pays où il est possible d'aimer plusieurs personnes en même temps, sans que cela porte un préjudice quelconque… aux autres.

Un pays où chacun sent qu'il peut être aimé de façon unique.

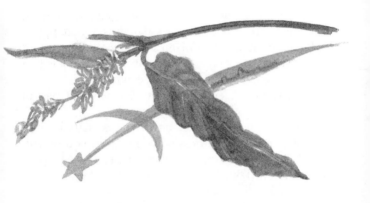

Le conte du petit jour qui n'avait pas
sommeil

En été, vous l'avez remarqué, les jours s'allongent, s'allongent. Ils veulent durer longtemps, longtemps.

Ils ont du mal à s'endormir les jours, car ils ont tant et tant de choses à vivre, tant et tant de choses à voir, à écouter, à entendre et aussi à recevoir.

Et si jamais le lendemain, ils ne revenaient pas, ni après-demain, qu'est-ce qui arriverait ?

Qu'est-ce qui arriverait aussi, si ces deux-là, mes parents, qui sont au-dessus de moi, disparaissaient, hein ! « Qu'est-ce que je deviendrais, moi, le petit jour d'aujourd'hui ? » s'interrogeait un enfant jour.

C'est ce qu'ils disent tous, les jours si longs de l'été, ils ne veulent pas s'endormir du tout. Mais pas du tout, du tout, ni sur les deux oreilles ni sur leur petite joue toute douce. Ils veulent garder les yeux ouverts, la bouche ronde, les mains tendues vers l'ineffable, vers le tout de la vie.

Alors qu'est-ce qu'ils font, les jours qui ne veulent pas s'endormir ? Ils vont énerver leurs parents. Ils vont tenter de les retenir, de les coincer dans le salon ou la chambre le plus longtemps possible. Ils vont aussi essayer de les séduire pour faire durer le temps plus longtemps…

« Si encore ils me laissaient un peu d'eux-mêmes,

un peu de leur odeur, de leur musique, de leur présence, se disait le petit jour qui ne voulait pas s'endormir. Je sais bien que je vais avoir sommeil, je sais bien que je vais traverser la nuit, faire le tour de la terre, aller voir d'autres paysages avec des rêves. Parfois j'ai un peu peur au moment du passage, juste au moment où je vais basculer du jour… dans la nuit… »

Ainsi se parlait à lui-même un petit jour qui ne voulait pas s'endormir. Il se disait cela dans son lit, au moment fragile, délicat où il allait tomber dans le sommeil.

Car tomber dans le sommeil, ce n'est pas rien. Et si on tombait si loin qu'on ne revienne plus… ?

Vous comprenez mieux pourquoi les jours parfois ne veulent pas aller se coucher, ni s'endormir, c'est parce qu'ils ont peur de tomber dans le sommeil.

Le conte du maître et de l'élève

En Inde, dans une région proche du Tibet, il était une fois un maître et son élève.

Quand le maître et l'élève eurent débattu des conditions pratiques d'usage, le maître commença son enseignement. Il dit à son élève :

— Tu dois être fort. Va chercher qui tu es.

L'élève partit chercher la force et un an plus tard il revint voir son maître et lui dit :

— Je suis fort.

Pour montrer sa force, il prit un roc qu'il aurait été incapable de déplacer une année auparavant, le leva au-dessus de sa tête et le fracassa en mille morceaux sur le sol.

— Très bien, dit le maître, tu es fort.
Maintenant, tu dois être intelligent, va chercher qui tu es.

L'élève partit chercher l'intelligence et trois ans plus tard il revint voir son maître et lui dit :

— Je suis intelligent.

Le maître lui donna un texte très volumineux.

— Tu viens m'en parler dans trois heures.

Ce temps écoulé, le maître et l'élève parlèrent de l'ouvrage, d'égal à égal, jusqu'au lever du jour. Le maître à ce moment-là dit :

— Tu dois être sensible. Va chercher qui tu es...

L'élève partit et son absence dura dix ans.

A son retour il montra au maître toute sa sensibilité.

— Très bien, dit le maître, tu es fort, intelligent, sensible, tu dois aussi être rigoureux...

L'élève lui coupa la parole et poursuivit :

— Je suis qui je suis.

— Je n'ai plus rien à t'apprendre, répondit le maître. Va, ton chemin est bien le tien.

Inspiré d'un vieux conte hindou.

Le conte du petit hérisson qui ne piquait
pas de l'intérieur

Il était une fois un jeune hérisson pour qui la vie avait été difficile jusque-là. La seule chose pour laquelle il semblait vraiment doué, c'était de se mettre en boule…

De nombreuses attaques lui avaient appris à se protéger et il savait se faire tout rond plus vite que n'importe quel hérisson. A force de se faire agresser, il avait d'ailleurs fini par croire que tout le monde lui en voulait. Bien des êtres avaient essayé de s'en approcher et s'en étaient retournés tout meurtris. C'est qu'en plus, il avait aiguisé chacun de ses piquants et prenait même plaisir à attaquer le premier. Sans doute se sentait-il plus important ainsi…

Avec le temps, il était devenu très solitaire. Les autres se méfiaient de lui.

Alors il se contentait de rêver à une vie meilleure ailleurs, ne sachant plus comment s'y prendre pour sortir de cette situation d'agression permanente.

Un jour qu'il se promenait toujours seul, non loin d'une habitation, il entendit une étrange conversation entre deux garçonnets.

— Tu sais, sur le dos il y a plein de piquants, mais mon père dit que le ventre est aussi doux que Caramel, tu sais, ma peluche préférée, disait le plus petit.

— J'aimerais bien voir ça !

— Moi, je sais où il se cache, dit l'autre, sous ces haies.

« Tiens, se demanda notre ami à quatre pattes, ne seraient-ils pas en train de parler de moi ? »

Ces paroles avaient excité sa curiosité. Était-il possible qu'il soit fait d'autre chose que des piquants ?

Il se cacha dans un coin et regarda son ventre. Il lui sembla faire ce mouvement pour la première fois. Il avait passé tellement de temps à s'occuper des petites épées sur son dos qu'il en avait oublié cette fourrure douce et chaude qui le tapissait en dessous.

« Mais oui, moi aussi je suis doux en dedans, constata-t-il avec étonnement. Doux dedans, doudedan, doudedan », chantonnait-il en sautillant d'une patte sur l'autre. Celles-ci le faisaient rebondir. Tiens, il avait aussi oublié le plaisir de danser. Car les hérissons dansent les soirs de lune, le saviez-vous ?

Tout en dansant, il s'était rapproché des deux garçons. Le plus grand disait à l'autre :

— Les renards font pipi dessus pour les obliger à s'ouvrir. On pourrait bien en faire autant, comme ça on verrait…

— Ah non ! dit le plus jeune. Je ne veux pas leur faire de mal. Ils sont très gentils. Il faut en apprivoiser un en lui apportant tous les jours un œuf. Les hérissons adorent les œufs.

— D'accord, mais il faut d'abord en trouver un ! dit son compagnon.

Le petit animal tendait l'oreille. Cette histoire commençait à beaucoup l'intéresser. Comment ? Il existait quelqu'un qui ne lui voulait pas de mal !

Après bien des péripéties que je vous laisse imaginer, et aussi des doutes, des hésitations, des peurs et des envies de fuir, notre ami Doudedan, c'est ainsi qu'il s'appelle lui-même, accepta de se laisser apprivoiser.

Il passa de moins en moins de temps en boule. Chaque jour il s'exerçait à montrer sa fourrure. Du coup elle devenait de plus en plus douce et soyeuse. Et ses piquants à force d'être délaissés finirent par s'émousser et devinrent de moins en moins piquants.

Ah ! Que c'était bon d'avoir des amis... et aussi de se sentir si doux.

A force d'apprendre à être doux, il avait même fini par rencontrer une compagne qui elle aussi avait un ventre très, très doux... et devinez ce qui arriva ?...

Proposé par Agnès Donon.

Le conte du Magasin de la Vie

Il était une fois une petite fille qui avait imaginé que la vie était un immense magasin, une sorte de caverne d'Ali Baba dans laquelle devaient se trouver toutes les réponses à ses besoins les plus essentiels.

Bien plus tard, devenue jeune fille, elle avait beaucoup de mal à trouver un emploi. Elle aurait souhaité un travail suffisamment bien payé pour lui permettre d'acheter selon son choix, dans le Magasin de la Vie.

Elle allait souvent faire un tour au Magasin de la Vie. Elle avait ainsi repéré sur un rayon :

— Un cahier pour tenir un journal secret.

— L'odeur de sa mère.

— La voix de son papa.

— La maison de son enfance, sa façade et aussi l'intérieur.

— Une petite lumière qui avait brillé devant elle, un jour de cafard.

— Un flacon de souvenirs.

— Une promenade en forêt.

— Un rêve éveillé… où elle était championne de ski…

Elle ne savait comment payer, et ne pouvait donc

acheter même pas un seul de ces produits fabuleux. Tous demeuraient inaccessibles.

Elle se sentait de plus en plus démunie !

Un jour, elle osa entrer dans le magasin et trouva sur un nouveau rayon :

Le désir de grandir.

Elle n'avait toujours pas assez d'argent pour acheter cet article ou ce produit-là, appelez-le comme vous voulez.

Pour rentrer chez elle, elle évita soigneusement deux chemins. Celui qui s'appelait :

« Choisir-un-travail-pour-acheter-le-désir-de-grandir »

et l'autre qui était :

« Rejeter-le-travail-pour-rester-petite-fille. »

Elle choisit le chemin nommé « Paralysie », celui qui permettait de ne pas choisir.

Elle se sentait cependant prise dans un piège qui se mordait la queue.

Elle s'écriait parfois avec colère :

— Pour choisir un travail afin d'acheter le désir de grandir, il faudrait que je l'aie déjà, ce désir de grandir !

Elle retournait souvent dans le Magasin de la Vie, pour regarder sur l'étagère le flacon inaccessible qui contenait ce désir qu'elle n'avait pas et qui lui faisait envie, et pas envie… en même temps.

Un jour, avec courage, elle demanda le prix à une vendeuse.

— Ah ! celui-là, dit la vendeuse, c'est un article très

spécial, il ne se paie pas, on ne peut que l'échanger. Qu'es-tu prête à donner de toi en échange ?

— Rien, je n'ai rien à donner, je n'ai jamais rien reçu.

— Il y a plusieurs possibilités, cet article peut s'échanger contre du renoncement, du courage ou de la confiance.

— Je ne peux pas renoncer à ce que je n'ai pas eu ! Mon courage, je l'utilise pour dire non.

De confiance, je n'en ai pas.

La vendeuse réfléchit puis énonça :

— Le renoncement que je te demanderai à toi, c'est celui de la croyance que tu n'as rien à donner.

— J'ai besoin de cette croyance-là, je ne peux pas la lâcher, elle me protège, m'évite bien des tracas.

— Réfléchis, c'est le prix pour toi, et reviens me voir. J'ai envie de parler avec toi des dangers et de l'émerveillement à dire oui. Nous marchanderons, nous avons le temps. Chacun avance à son propre rythme.

Et les années passèrent. La jeune fille, devenue jeune femme, revint dans le Magasin de la Vie. Le flacon de désir de grandir était toujours là. C'est un vendeur qui l'accueillit. Il lui demanda si elle était prête à payer le prix nouveau, le prix à payer était :

« Accepter d'avoir une croyance à elle seule. Une croyance qui soit sienne. Une croyance sur laquelle elle puisse s'appuyer, pour construire son chemin de femme. »

C'était très difficile pour elle, d'avoir une croyance propre, car jusque-là, elle s'était entourée des croyances des autres.

Elle revint cependant dès le lendemain, déposa dans les mains du vendeur une croyance personnelle.

— Je sais que je peux faire confiance à ce que je ressens, et oser dire non, quand cela ne correspond pas à ce que j'éprouve ou ce que je veux.

Le vendeur lui fit un grand sourire et lui remit le flacon du désir de grandir.

La jeune femme prit le flacon, le serra contre elle et sortit du magasin avec un grand soleil tout chaud à l'intérieur d'elle.

Le conte d'une histoire vraie ou comment j'ai trouvé en moi ce que je cherchais au-dehors

Un jour, le soleil en se levant me fit un signe de ses rayons.

Je ne compris pas tout de suite. Mettez-vous à ma place :

Je ne savais pas ce qu'il me voulait ! Il m'invitait à le suivre, mais, sur le pas de la-Porte-des-Habitudes, je n'osais pas bouger.

Pourtant, après quelques instants d'hésitation, je fis deux pas en avant et... clac ! La-Porte-des-Habitudes se referma ! Prise de panique, je revins sur mes pas, mais il n'y avait rien à faire, toutes mes tentatives furent vaines. La porte refusait obstinément de s'ouvrir.

Je m'assis, la tête dans les mains, et me mis à pleurer. Le soleil m'envoya un petit rayon câlin, brillant juste ce qu'il fallait pour ne pas m'effrayer, il ne me restait plus qu'à le suivre.

Je me mis lentement en route. Je demandai au soleil de me promettre de ne pas m'abandonner, de rester toujours près de moi, mais il ne me répondit pas. Je ne savais que penser. Je n'étais pas rassurée.

Je regardais souvent en arrière, mais la Maison-du-

Passé devenait de plus en plus petite, de plus en plus floue.

Je n'avais pas eu le temps de faire mes bagages avant de partir, mais j'avais des réserves sur moi : quelques bonnes vieilles et énormes peurs, des divers complexes, et aussi beaucoup de manques dont les deux principaux avaient pour nom : Manque-de-Tendresse et Manque-de-Confiance-en-Moi.

Je pouvais compter sur eux tous, ils répondaient toujours présents. Au début, cela me rassura un peu, je restais en pays de connaissances.

Chemin faisant cependant, une peur me lâcha, une petite, je ne m'en aperçus pas tout de suite. Puis une deuxième à son tour s'en alla, une troisième suivit de près. Cela devenait inquiétant. Si elles me laissaient toutes tomber, comment me reconnaîtrais-je ?

Je ne pouvais plus les rattraper, mais je me promis de veiller sur les autres. Si elles pensaient que j'allais me laisser faire, elles se trompaient lourdement. Mes complexes, eux, étaient fidèles, ils ne me quitteraient pas de sitôt ! Et les manques ne risquaient pas d'être comblés trop vite, j'étais vigilante. Cependant mon inquiétude se transforma en angoisse le jour où je constatai que le Manque-de-Confiance-en-Moi avait les traits tirés. Je tentai aussitôt de le fortifier en lui montrant, en toute lucidité, tous mes défauts. Rien n'y fit, au contraire. A peine un défaut s'annonçait-il qu'une qualité que j'ignorais, à qui je n'avais jamais adressé la parole, qu'une qualité nouvelle venait à sa rencontre. Le défaut pâlissait, s'éloignait, se recroquevillait et bientôt n'occupait plus qu'une toute petite place. Malgré tous mes efforts, plus le Manque-de-Confiance-en-Moi s'étiolait, dépérissait, plus les peurs filaient.

Le Manque-de-Tendresse se manifesta, d'abord timidement, puis de plus en plus fort, jusqu'à se faire remarquer. Au début, il n'y avait que moi qui l'entendais, mais il réussit à soudoyer ma bouche pour pouvoir s'exprimer et demander ainsi à être comblé.

Je fis des demandes incroyables dont certaines furent entendues.

Devant cette débâcle, je ne savais plus ni qui j'étais, ni qui j'aimais, ni où j'allais ! Par moments je ne voyais même plus le soleil, il me fallait alors le chercher et j'avais l'impression qu'il ne reparaîtrait jamais.

Peu à peu, je remarquai cependant que je pouvais continuer à avancer même s'il n'était pas là. Il avait laissé en moi quelques-uns de ses rayons ! Mais j'avais encore besoin de recharger mes batteries, il me fallait souvent encore m'assurer qu'il n'était pas trop loin.

Je n'avais pas compris que je pouvais moi aussi devenir soleil, rayonner aussi un jour !

Il m'a fallu du temps. J'avais eu besoin que le soleil me montre la Voie, qu'il ait beaucoup de patience, beaucoup de douceur, pour que je puisse enfin vivre par moi-même. Pour que j'ose partir plus loin, pour que j'accepte aussi de le laisser éclairer d'autres personnes. Oh ! cela ne veut pas dire que je n'aie plus envie de sa présence, mais simplement que je le suivais par besoin. Aujourd'hui, je peux m'éloigner de lui par Amour. Le soleil m'a aidé à comprendre qu'il n'était pas possible d'aimer sans une autonomie personnelle.

Dans ma vie actuelle je sais qu'aimer, c'est être heureux que l'autre puisse être heureux sans moi !

Écrit par Monique Mello.

Le conte des maux de tête

Dans ce pays-là, que je connais bien pour l'avoir visité, tous les enfants naissaient avec une graine d'amour, qui ne pouvait germer que dans leur cœur.

Ce qu'il faut savoir, c'est que cette graine avait une particularité… très originale, en ce sens qu'elle était constituée de deux moitiés de graines. Une moitié de graine d'amour pour soi et une moitié de graine d'amour pour autrui.

Vous allez tout de suite me dire : « Ce n'est pas juste, c'est disproportionné, ça ne peut pas marcher ! Une moitié pour un, d'accord, car il faut s'aimer. Mais une seule moitié de graine d'amour pour autrui, pour tous les autres, ah non alors ! Cela va bien au début de la vie, quand un enfant n'a pas beaucoup de personnes à aimer, seulement sa mère, son père, un ou deux grands-parents… Mais plus tard, vous y pensez, plus tard, quand devenu adulte chacun est susceptible d'aimer beaucoup de personnes, cela est déséquilibré. Une seule moitié de graine d'amour à partager entre tant d'amours… Cela est invivable ! »

Oui, vous me diriez tout cela avec passion, mais c'était ainsi dans ce pays ! Et d'ailleurs, ceux qui savaient laisser germer et laisser fleurir chacune de leurs moitiés de graine d'amour, avec intensité, avec passion, avec enthousiasme et respect, ceux-là découvraient plus tard qu'ils pouvaient à la fois s'aimer et aimer, aimer et être aimés.

Ceux qui ne développaient qu'une moitié de graine, soit en s'aimant trop, soit en n'aimant que les autres, soit en ne s'aimant pas ou en ayant peur d'aimer autrui, soit encore en n'aimant qu'une seule personne au monde, ceux-là n'avaient que des mi-graines qui durcissaient, qui durcissaient tellement leur cœur… que parfois leur tête éclatait de douleur.

Ah ! vivre seulement avec une mi-graine d'amour, cela doit être terrible ! D'autant plus qu'il n'y a aucun remède à ces migraines et qu'elles sont susceptibles de durer des années.

Ainsi se termine le conte des maux de tête qui sont surtout des maux de cœur.

Le conte du pendu dépendu

Un jour, un homme, par désespoir et aussi par auto-punition, et encore par culpabilisation, car il voulait faire de la peine à son entourage, et aussi par un signe d'appel, car il ne se sentait pas entendu, et encore par défi, pensant que tout s'arrêterait... un jour, dis-je, un homme s'était pendu.

Il fut dépendu par quelqu'un qui passait par là.

Quand il ouvrit les yeux, il dit :

— C'est trop tard, vous auriez dû m'aider avant, m'aider à ne pas me pendre !

— Mais je ne vous connaissais pas ! dit le sauveteur inconnu.

— Cela ne fait rien, vous auriez dû quand même m'aider avant !

— Je passais juste par là.

— Justement, il ne fallait pas passer.

— J'ai pensé bien faire.

— Ceux qui disaient m'aimer pensaient eux aussi bien faire... en ne faisant rien !

— Alors, j'aurais dû vous laisser mourir sans intervenir ?

— Non, intervenir avant que je me pende, me reconnaître, m'entendre, m'apprécier, m'aimer au besoin. Tout cela avant. Avant que mon désespoir ne me fasse douter de tout.

— Voulez-vous que je vous remette la corde autour du cou ? proposa l'inconnu.

— Surtout pas, je n'ai pas envie de mourir, j'ai besoin de parler.

— C'est que… je n'ai pas le temps, je suis pressé.

— Oui, vous aviez seulement le temps de me dépendre ou de me remettre la corde autour du cou, pas de m'écouter.

— C'est tout à fait cela. Je suis pressé de vivre, moi !

— Si un jour vous vous pendez, comptez sur moi, je ne vous décrocherai pas.

Je vais vivre avec cette idée, je sens qu'elle va me soutenir.

Il arrive ainsi à certains êtres d'avoir besoin pour survivre de s'opposer à toute tentative d'échange.

Ne croyez pas qu'il s'agit d'une histoire irréaliste. Veuillez la relire et écoutez entre les mots.

Le conte de la béquille qui se désespérait
de n'avoir plus personne à soutenir

Il était une fois une béquille qui avait beaucoup, beaucoup servi. Le nombre de gens qu'elle avait soutenus, accompagnés, béquillés, était impressionnant.

Elle avait passé l'essentiel de sa vie à ça.

Et aujourd'hui, elle terminait tristement une longue carrière de béquillage dans une chapelle pleine d'exvoto, coincée entre une canne et une minerve laissées en remerciement par d'anciens miraculés ou simplement par tous ceux qui, guéris, n'avaient plus besoin d'être soutenus. La béquille hurlait une plainte interminable, à l'intérieur d'elle-même, à l'idée de passer sa vie clouée sur un mur.

Elle qui avait tant et tant voyagé...

Il faut le dire vraiment, cette béquille qui s'était dévouée toute sa vie de béquille, bois et caoutchouc, c'est-à-dire corps et âme, était très triste. Elle se sentait profondément humiliée, vraiment inutile, en train de se dessécher.

Oui, de se dessécher de l'intérieur et même de l'extérieur.

Elle s'interrogeait sur l'ingratitude des humains, sur le sens de sa vie. Elle cherchait à comprendre comment elle en était arrivée à cette situation.

— Ce n'est pas juste, sitôt guéri il m'a laissée tomber. J'ai encore la trace du coup contre mon front, quand il m'a lâchée après sa guérison.

Le pire c'est quand il m'a emmenée ici, et pendue au mur de cette chapelle… pour remercier son Dieu. C'est pas possible, moi qui ai tant fait pour lui. J'aurais pu quand même rester encore un peu avec lui. J'aurais pu lui tenir compagnie de temps en temps. Je ne l'aurais pas dérangé, je me serais faite toute petite…

Ce jour-là, pendant que cette béquille agitait en elle toutes ces pensées, un monsieur était entré par curiosité dans la chapelle. Admirant silencieusement tous les ex-voto, tous les remerciements dont regorgeaient chaque mur et même le sol. Très absorbé, il avançait vers l'endroit où était accrochée la béquille.

Il levait les yeux vers la voûte, quand soudain la béquille abandonnée eut une idée de génie. Elle eut un tel sursaut de joie qu'elle se décrocha du mur, tomba en travers sur le chemin du monsieur qui avançait, le regard levé, fasciné par la rosace resplendissante qui illuminait de sa splendeur l'abside de la chapelle… Il ne vit pas la béquille barrant le passage.

Il trébucha, tomba lourdement et… se cassa non seulement une jambe mais aussi une épaule. Étendu sur le dos, le monsieur se mit à gémir doucement.

La béquille de son côté soupira longuement.

— Enfin, enfin… quelqu'un à aider, à soutenir, à accompagner, à protéger peut-être !

Le monsieur, atterré, souffrait terriblement.

— Que vais-je devenir tout seul dans cette chapelle,

personne ne sait ma présence ici. Des secours impossibles… Que vais-je devenir ?

Déjà, dans sa tête, il commençait une série de reproches contre lui-même :

— Qu'est-ce qui m'a pris de venir ici ! Jamais je n'aurais dû voyager seul.

Il se sentait prêt à accuser le ciel, le monde entier de sa nouvelle situation.

La béquille toute proche murmurait :

— Je suis là, je suis là, moi je peux vous aider.

Dans un premier temps il ne l'entendit pas. Il préférait s'injurier, injurier la vie de ce « malheur absolument injuste, qui lui tombait dessus » !

La béquille implorante, suppliante, câline, susurra :

— Regardez-moi au moins, je suis là, tout près de vous, prenez-moi avec vous, vous verrez ça ira mieux…

Le monsieur essaya de se relever, hurla de douleur, tâtonna et sa main tremblante découvrit la béquille toute prête à servir, pleine de son désir de lui être utile, tout abandonnée à sa volonté de l'aider à tout prix…

Quel soulagement pour chacun !

Ils se rencontrèrent enfin, s'étreignirent longuement. Une émotion immense les envahit tous les deux. Tout ce chemin parcouru en aveugles, tant d'obstacles traversés pour arriver enfin l'un à l'autre !

La béquille aussitôt se fit un serment secret :

— Ah ! celui-là, je ne vais pas le lâcher de sitôt !

Ils quittèrent la chapelle, l'un soulagé, presque heureux, l'autre apaisée, resplendissante de bonheur.

C'est ainsi que des béquilles ingénieuses s'arrangent pour s'attacher à quelqu'un en bonne santé en se rendant AB-SO-LU-MENT-IN-DIS-PEN-SA-BLES ! et se débrouillent pour ne plus le quitter.

Le conte du plein et du vide

Il était une fois une femme qui avait découvert, il y avait de cela très longtemps, que tout au fond d'elle, il y avait un immense vide. Un énorme vide entièrement rempli de solitude.

— Je suis habitée depuis toujours par cette solitude, disait-elle.

Et pendant des années elle avait tenté désespérément, courageusement, violemment parfois, de remplir ce vide.

Que d'efforts pour déloger sa solitude, pour la chasser en faisant entrer de force dans son vide plein de personnes.

Tout plein d'hommes surtout. Plein d'activités et aussi plein, plein de choses à faire, toujours plus de choses à faire.

Ceux qui la voyaient de l'extérieur croyaient voir une femme forte, solide, pleine de dynamisme.

Ils voyaient, eux, quelqu'un de sûr, de résistant, qui savait s'affirmer. Ils n'hésitaient pas à s'appuyer sur elle, à demander des services à cette femme forte et pleine de ressources.

Personne ne voyait le trou immense, rempli de solitude, qui occupait tout l'intérieur de cette femme.

Un jour, elle rencontra quelqu'un qui possédait cette qualité rare de voir dans les êtres humains non ce qu'ils étaient, non ce qu'ils montraient ou cachaient mais ce qu'ils allaient devenir.

Il voyait en eux ce qui n'était pas éveillé et qui allait se réveiller, ce qui n'était pas né et qui allait naître. Il percevait ce qu'ils allaient découvrir avant même qu'ils le découvrent eux-mêmes, en eux-mêmes.

Et cet homme lui dit :

— Je vois plein de possibles en toi.

Elle qui se sentait si vide, envahie seulement par son immense solitude, traversée par sa détresse, elle entendit ce jour-là le premier de ses possibles : il lui était possible de remplir son vide avec les possibles de sa vie.

Ainsi se termine le conte de la femme qui croyait combler le vide de son existence par plein de rencontres et d'activités.

Le conte de la petite pelote de haine

Il était une fois un ancien petit garçon qui s'était attaché, il y avait de cela très longtemps, à une petite pelote de haine.

Cette petite pelote de haine lui tenait froid au ventre et au cœur.

Il en avait besoin, des fois qu'il aurait flanché ou renoncé ! Oui, il se servait de cette petite pelote de haine pour ne pas oublier toutes les violences qu'il avait reçues de son père et aussi pour se rappeler tous les reproches qu'il avait envers sa mère... qui avait laissé faire cette violence sur lui, sans intervenir. Ah oui, il voulait se souvenir, ne pas oublier !

Aussi, depuis bientôt quarante-cinq ans, soigneusement il entretenait ses ressentiments, ses rancœurs, ainsi qu'une tristesse faite de morosité et d'humour décapant qui souvent blessait même... ceux auxquels cet humour n'était pas destiné.

Sa petite pelote de haine était ainsi très bien entretenue, toujours vigilante, toujours présente...

Il avait ainsi mille exemples de souffrances, d'incompréhension, de violences, d'humiliations ou d'injustices qu'il avait reçues ou subies. Dont aucune ne devait être oubliée, jamais de la vie !

Un jour, cet homme, car c'était devenu un homme, décida de ne plus garder sa petite pelote de haine. Au début ce fut terrible, il avait l'impression d'être nu, démuni, il fut complètement désorienté. Il dut s'aider en faisant un grand sac, avec deux draps de lit cousus ensemble, pour déposer dedans toutes les aigreurs, tous les souvenirs négatifs qu'il avait en lui… Rancœurs et ressentiments emplirent bientôt le sac.

Certains, très coriaces, revenaient en lui, même après avoir été déposés dans le sac. Il ne se découragea pas, continua à les déposer, à se débarrasser de toute cette violence qu'il entretenait en lui depuis tant d'années… en ressassant sa souffrance d'enfant maltraité, en accusant, en se plaignant.

Certains jours il aurait voulu dénoncer au monde entier quels parents épouvantables il avait eus. Pour que tout le monde sache… son malheur et… son mérite d'avoir supporté tant d'injustices !

Quand le sac fut plein, il ne put inviter ses parents pour leur « rendre » tout cela, car le temps avait passé et ils étaient morts tous les deux.

Aussi décida-t-il d'aller déposer ce grand sac de ruminations noires et de ressentiments amers sur leur tombe.

A partir de ce jour, ce fut comme un miracle. Le regard, la bouche, le visage, mais aussi les gestes de cet homme, ne furent plus les mêmes.

Il retrouva une seconde jeunesse et le plus étonnant fut que ses propres enfants commencèrent à s'approcher de lui avec confiance, avec abandon. Car ils avaient très peur de cet homme, lui qui pourtant ne les avait jamais frappés. Ils cessèrent de se disputer entre eux, ils osèrent eux aussi les gestes de la tendresse et de l'ouverture, et purent les vivre... du vivant de leur père.

Ainsi se termine le conte de l'homme qui avait entretenu durant tant d'années une pelote de haine à même sa peau.

Le conte d'une planète à inventer

Il était une fois…
Une planète couleur soleil…
où tous les enfants
avaient la peau couleur liberté.
Liberté de dire,
liberté d'oser,
liberté d'aimer,
liberté de partager,
liberté d'innover, de changer, d'inventer,
liberté de rire et de pleurer,
liberté d'être,
liberté d'entreprendre,
liberté de se tromper…
et de recommencer,
liberté d'être fier de sa peau.

Offert par Marie-Paule Berteloot.

Le conte de celui qui se laisse définir
et accepte ainsi d'ignorer ses possibles

Au pays de mon enfance, il était une fois un jeune garçon qui découvrit un œuf merveilleux dans le nid d'un aigle. Il s'en empara, redescendit au village et mit l'œuf magnifique à couver dans le poulailler de la ferme de ses parents.

Quand l'œuf vint à éclore, un petit aigle en sortit et grandit parmi les poussins, picorant sa nourriture comme ses compagnons.

Un jour, regardant en l'air, il vit un aigle qui planait au-dessus de la ferme. Il sentit ses ailes frémir et dit à un de ses frères poulets :

— Comme j'aimerais en faire autant !

— Ne sois pas idiot, répondit le poulet, seul un aigle peut voler aussi haut.

Honteux de son désir, le petit aigle retourna gratter la poussière et picorer son grain, le bec au sol. Il ne remit plus jamais en cause la place qu'il croyait avoir reçue sur cette terre.

Imaginez que l'aiglon de cette histoire ait refusé de se laisser définir par les autres et qu'il se soit appuyé sur son envie ! Comme l'aigle dans le ciel, il serait devenu ce qu'il est.

Inspiré d'un conte tibétain.

Le conte du roi qui avait été homme
et femme dans la même vie

C'est l'histoire simple d'un roi, qui, dans l'Inde ancienne, avait commis une faute très grave, dont la mémoire des hommes n'a pas retenu le détail, mais suffisamment grave pour que les dieux de l'univers en colère décident de punir ce roi. Ils le transformèrent en femme, ce qui était considéré dans l'Inde ancienne comme une tare, seulement dans l'Inde ancienne, et l'exila dans la forêt pendant dix ans ; le roi quitta son palais, ses richesses, ses amis, sa femme et ses enfants. Après dix jours de marche, il s'enfonça dans l'immense forêt du fond de l'Inde…

Devenu femme, le roi qui n'était plus roi rencontra un bûcheron qui tomba amoureux d'« elle ». Ils vécurent ensemble et eurent trois enfants.

A la fin de sa peine, au bout de dix ans, les dieux justes et bons lui rendirent son corps d'homme ainsi que son royaume.

Mais le lendemain de son retour, tous les sages du pays étaient à la porte du palais, demandant audience.

Ils étaient là, avec une seule et unique question. Sans se consulter, ils découvrirent que c'était la même.

— Peux-tu nous dire, ô Roi, toi qui as vécu dans ton corps cette aventure unique d'avoir été homme et femme, peux-tu nous dire lequel des deux, de l'homme ou de la femme, lequel a le plus de plaisir dans la rencontre amoureuse, dans la rencontre des sexes ?

Le roi répondit sans hésitation :

— Si le plaisir de l'homme peut être semblable, parfois, à un soleil au plein midi de l'été, celui de la femme, quand elle ose se l'offrir, est semblable à la profondeur d'un ciel étoilé. Et toutes les étoiles de la Voie lactée réunies ne pourraient pas en donner tout le scintillement. Le plaisir de la femme est une offrande au cosmos et son rayonnement fait oublier, parfois, la lumière du jour.

Le conte d'une fin de vie

Il était une fois... un homme qui avait rêvé tout jeune de voyager, de découvrir le monde, d'aller à la rencontre de la beauté, du plaisir et de la joie.

Mais sur l'insistance de ses parents, de sa famille, il choisit une vie de labeur, de devoirs et d'obligations. Cette vie-là ne lui avait pas permis d'aller au-delà de son propre pays, son rêve s'était sclérosé en plaques.

A l'automne de son existence, son corps se paralysa par petits bouts. Bientôt il resta coincé, immobilisé sur une chaise roulante.

Alors cet homme commença à voyager dans son cœur.

Il retrouva en lui tout l'amour, toutes les tendresses rencontrées.

Il retrouva non pas ce qu'il n'avait pas vécu, mais au contraire, tout ce qu'il avait vécu.

Les petits riens, les moments fragiles, les instants trop fugaces, les clins d'œil, les gestes esquissés, les rencontres imprévues qui contenaient le germe de tant de possibles et qu'il n'avait pas su laisser fleurir en lui au temps de sa maternité. Chaque jour immobile, de plus en plus paralysé, il voyageait. Que de chemins parcourus au pays de la tendresse ! Bien plus que cent fois le tour de la terre. Il découvrait ainsi, au fil des jours, une liberté nouvelle. Celle de voyager sur les routes ensoleillées de son imaginaire. Lui qui avait été toute sa vie réaliste, dur en affaires, il s'étonna même de s'enhardir à explorer un peu plus chaque jour les chemins inexplorés de ses rêves.

Et puis... un très beau matin, le cœur plus léger, il décida d'aller visiter l'univers... et passa de l'autre côté.

Certaines et d'autres

Il était une fois vingt-deux petites étoiles qui s'étaient rendues à un congrès d'étoiles.

Ce congrès avait pour thème :

« Comment comprendre une autre étoile en se comprenant mieux soi-même. »

Car il faut vous dire que les étoiles vivent tellement éloignées les unes des autres qu'il leur est difficile de se rencontrer et encore plus de se comprendre. Ce congrès était animé par une étoile proche de la Planète TERRE, qui avait beaucoup travaillé sur elle.

Les petites étoiles étaient toutes très excitées à l'idée qu'en buvant quelques gorgées d'un philtre magique, pas plus de trois, elles pourraient à leur tour savoir communiquer.

Certaines venaient confiantes, d'autres méfiantes et d'autres déjà tout acquises.

En arrivant au premier matin sur les lieux du congrès, les petites étoiles se tenaient bien à distance les unes des autres. Car elles avaient appris dans leur enfance que si une étoile touchait une autre étoile, une grande catastrophe pouvait se déclencher.

Quel genre de catastrophe, elles ne le savaient pas,

mais cela pouvait être aussi terrible que de perdre son identité, que de s'éteindre, de disparaître dans le noir de l'espace.

Alors bien sagement, elles rentraient leurs genoux et se tenaient bien droites. Il y en avait bien quelques-unes, celles qui étaient déjà acquises, qui avaient l'air détendues, qui parlaient de « rebirth », de « partage de sentiments », de « ressentis », de « tripes nouées » aussi, mais cela restait encore incompréhensible pour la plupart des autres petites étoiles.

Et puis le gourou arriva !

Il offrit quelques sourires aux méfiantes, quelques regards aux confiantes et quelques paroles relationnelles à celles qui étaient déjà conquises… Et le congrès commença.

Oh ! stupeur, pas de philtre magique, pas de recettes !

Les petites étoiles qui étaient venues avec leur récipient pour recueillir ce philtre se demandaient si elles ne s'étaient pas trompées de congrès. De plus, non seulement il n'y avait pas de philtre magique, mais à la surprise générale, ce n'était pas le gourou qui parlait le plus ! C'étaient les petites étoiles !

Certaines parlaient d'elles-mêmes, d'autres avaient besoin d'être un peu sollicitées, d'autres encore avaient besoin d'être poussées, pour aller plus loin vers leur propre lumière.

Mais finalement toutes parlèrent. Les petites étoiles furent surprises, touchées, émues, émerveillées, tristes, heureuses, blessées d'entendre toutes ces histoires venues des autres constellations qui de loin leur paraissaient si menaçantes ou si inconnues :

Divorce, Parents, Papa, Maman, Suicide, Amour, Haine, Filiation, Beauté, Laideur, Règles, Incompréhension, Tendresse, Femme, Peinture, Mort, Maladie, Œdipe, Mari, Araignée, Violence, Douceur, Peur, Enfant… Désir.

Sans paraître même les avoir écoutées, le gourou amplifia certains mots, relia, prolongea la parole de chacun. Il apparut que toutes ces histoires venues de constellations aussi lointaines, aussi différentes, avaient toutes quelque chose en commun. Les petites étoiles furent sidérées. Elles ne s'étaient jamais rencontrées et toutes leurs histoires avaient des points communs ! Mais lesquels ?

Le gourou paraissait accablé par une telle incompréhension. Cela faisait des années qu'il répandait les rires de la connaissance à travers la galaxie.

Il lui semblait que sa tâche ne finirait jamais. Même des étoiles qui avaient lu et même parfois bu ses paroles ne percevaient pas que ce qu'il y avait de commun dans l'univers de chaque étoile s'appelait **la relation**.

Fallait-il se désespérer ?

Les petites étoiles, elles, ne désespéraient pas, car chacune avait découvert qu'une petite étoile peut :

* regarder une autre étoile sans devenir aveugle,

* toucher une autre étoile sans devenir manchote,

* se dévoiler à une autre étoile sans être condamnée,

* chacune avait compris que la tendresse est comme l'oxygène, qu'il y en a partout dans la Galaxie des Relations et la Voie lactée de la communication…

Elles découvrirent bien d'autres choses encore, qui appartiennent à l'intimité de chaque petite étoile.

Ainsi avançait le congrès.

Le temps allait venir où il faudrait quitter cet endroit si bien nommé « Le Remous », car des remous il y en avait eu.

Certains remous s'étaient même transformés en trou noir, d'autres en tempêtes de météorites et d'autres encore en Voie lactée infinie et calme.

Les petites étoiles étaient bien tristes, car il leur fallait retourner vers leur constellation d'origine et retrouver d'autres étoiles qui, elles, n'avaient pas vécu tout cela !

Alors pour se donner du courage, elles se promirent de garder le contact, de s'envoyer des clins d'œil d'étoiles, des rires de lumière et surtout de se respecter !

De toutes ces découvertes, chacune dans sa vie fit un usage différent.

Certaines les gardèrent secrètes au fond de leurs entrailles ou de leurs pensées, d'autres préférèrent les oublier, d'autres encore émirent quelques messages dans l'éther intersidéral… et la plupart les partagèrent pour donner plus de vivance à leur vie.

Toutes savaient qu'il est possible de communiquer au-delà de la nuit, au-delà des murs de silence, bien au-delà de l'opacité des peurs. Au-delà aussi des incompréhensions et des violences aveugles.

J'allais oublier de vous dire le plus curieux. A la fin de la rencontre, elles découvrirent que le gourou des étoiles n'en était pas un. Qu'il était simplement un animateur de rencontres. Elles apprirent qu'animer cela veut dire :

« maintenir la vie vivante ».

Conte écrit par Ledoux Violent (alias Jean Martinez).

Un conte pour écouter au-delà de son regard

Il était une fois, au fin fond de la Sibérie, un village de chasseurs, où le chef avait une femme très belle, très jeune, dont il était amoureux fou…

La saison de chasse ayant été très fructueuse, il chargea son traîneau de toutes les fourrures pour aller les vendre à la ville voisine. Les peaux étant d'une très belle qualité, il put les échanger à un bon prix, acheter tout ce qu'il fallait pour la survie de son village et le bien-être de chacun, car c'était un homme juste et bon.

Après tous ces achats, il lui resta une peau de renard blanc et il vit, dans un coin du magasin, un miroir en métal poli. Dans son village où l'on vivait depuis des millénaires sous la tente, il n'y avait jamais eu, de mémoire de chasseur, aucun miroir. Aussi pensa-t-il faire plaisir à sa femme, qui était comme vous le savez « belle comme un rêve », en échangeant la peau de renard blanc contre le miroir de métal poli.

Il revint au village, distribua les vivres et les objets ramenés de la ville équitablement entre tous les chasseurs, ne gardant pour lui que le miroir enveloppé dans sa chemise, qu'il déposa aux pieds de sa femme.

Celle-ci se pencha sur le paquet, ouvrit la chemise, reconnut l'odeur de son mari, s'arrêta stupéfaite, éclata en sanglots, puis prit son manteau, ses raquettes de neige et s'enfuit sans un mot jusqu'au village de sa mère.

Cette dernière s'étonna de la visite de sa fille. Celle-ci entre deux sanglots murmura :

— Mon mari ne m'aime plus. Il est parti à la ville comme chaque année, vendre ses fourrures. Comme chaque année depuis toujours, il a rapporté tout ce qu'il fallait pour le village. Il n'a oublié personne.

Mais dans sa chemise, il a ramené une femme merveilleuse, très jolie, séduisante comme un matin de printemps. Elle avait même son odeur, je l'ai reconnue. C'est bien le signe qu'il ne m'aime plus.

Sa mère, qui était une femme d'expérience, car elle avait beaucoup vécu, lui dit :

— Viens avec moi, je veux voir qui oserait être plus belle que ma fille. Plus belle que le rêve d'un roi !

Je veux voir.

Arrivée au village des chasseurs, elle entra sous la tente du chef, reconnut la chemise de son gendre, l'ouvrit, se pencha, regarda et éclata de rire, en disant à sa fille :

— Tu n'as rien à craindre ma chérie, elle est vieille et moche.

Oui, on ne voit ses problèmes... qu'avec ses propres yeux !

Le conte du sage qui avait trouvé tout seul
le chemin de la liberté

Une rumeur s'était répandue dans ce pays-là, d'abord silencieusement, puis de façon plus insistante. Il y a comme cela des paroles muettes qui circulent entre des êtres en recherche. Quelqu'un prétendait connaître l'existence d'un sage « ayant découvert tout seul le chemin de la liberté ».

Un adolescent, un jour, entreprit le voyage et se renseigna. On lui indiqua une direction, et sur le chemin qu'il suivit il rencontra l'amour d'une qui ne cherchait pas la liberté mais qui avait besoin surtout d'être aimée.

Il l'aima donc et quand elle fut sûre d'être aimée, elle put le quitter. Il y a comme cela des amours de besoin, qui s'épuisent quand ils sont satisfaits.

Le jeune homme se retrouva seul. Il reprit sa route et rencontra une qui l'aima et se laissa aimer.

Il grandit dans cet amour-là jusqu'au jour où il fut suffisamment grand pour quitter l'aimante. Il y a comme cela des amours pépinières, qui permettent de croître.

Il reprit le chemin et durant plusieurs années parcourut la solitude.

Un matin, il s'éveilla avec un désir, celui de rencontrer un autre désir. Il le rencontra et ce fut la fête. La fête dura mille jours et mille nuits.

A l'aurore d'une nuit, ils se quittèrent, comblés, rassasiés, chacun tellement émerveillé l'un par l'autre qu'ils imaginèrent que rien de plus beau ne pourrait leur arriver. Aussi chacun de leur côté multiplièrent-ils les rencontres. Lui en trouva beaucoup, beaucoup.

Un jour cependant, il reprit le chemin. Et sur ce chemin rencontra une femme qui lui demanda avec ferveur :

— Agrandis-moi, prolonge-moi, donne-moi un enfant de toi.

Il lui en donna cinq. Il croyait à la générosité de la vie. Quelques années plus tard, un midi de plein soleil, il reprit le chemin.

Ce n'était plus un jeune homme, c'était maintenant un homme traversé de cicatrices, à la fois vulnérable et puissant, qui s'avançait sur le chemin de la liberté. Il lui fallut encore d'autres rencontres, d'autres errances, d'autres enthousiasmes et d'autres étonnements pour découvrir et rencontrer enfin le sage qui avait trouvé le chemin de la liberté.

Quand ils furent face à face, l'homme interrogea le sage sur son secret, sur le meilleur de son enseignement, sur la rigueur de sa recherche, sur le nom des maîtres qu'il avait eus, sur les souffrances et les thérapies engagées qu'il avait traversées.

Le sage ne répondit à aucune de ses questions. Il dit seulement :

— La seule connaissance intime que j'ai est liée à ma seule découverte : je sais aujourd'hui dire non ou oui, sans me blesser.

Ainsi se termine le conte de l'homme qui rechercha longtemps, longtemps le chemin de la liberté.

Trois petits mots et puis s'en vont…

Les mots ne s'en vont pas, les paroles ne s'envolent pas, elles se déposent ou continuent de voyager en vibrations subtiles, en invitations silencieuses.

L'essence d'un conte est une parole invisible sertie entre deux mots…

Table

Jacques Salomé
dans Le Livre de Poche

Contes à aimer, contes à s'aimer   n° 31236

Les contes, nous le savons maintenant, nous aident à guérir.
Ils permettent de nommer l'indicible, de dénouer les contradictions, de réparer les blessures de notre histoire présente
et passée. Ils nous aident à grandir, à croître et à nous
harmoniser. Ils favorisent à l'intérieur de nous la réconciliation entre différents états de notre condition humaine, le
psychisme, le corps et l'esprit qui parfois se révèlent anta-
gonistes et contradictoires. Ils contiennent des mots qui
nous enveloppent, nous caressent et nous serrent dans une
amicale clarté ; ils nous proposent des associations qui nous
illuminent dans une limpide atmosphère et nous déposent,
plus apaisés, aux confins de l'imaginaire et du réel.

Je croyais qu'il suffisait de t'aimer...   n° 30937

Surprenantes de force et de beauté, magnifiées par l'écriture
d'un fabuleux conteur, ces vingt-quatre histoires inédites de
Jacques Salomé sont l'œuvre d'un observateur attentif aux
errances des passions. Irrigués par des amours violentes,
incertaines ou pathétiques, ces récits sont tissés à partir du
présent amoureux de chacun des protagonistes, mais aussi à
partir de leur passé. Jacques Salomé sait combien l'intimité
d'une rencontre peut s'ouvrir sur une liberté inouïe lorsque
tous les sens y participent. Ces nouvelles, criantes de vérité
et de sensualité, nous fascinent, et nous touchent.

OUVRAGES DE JACQUES SALOMÉ

Aux Éditions Albin Michel

PAPA, MAMAN, ÉCOUTEZ-MOI VRAIMENT
JE M'APPELLE TOI
T'ES TOI QUAND TU PARLES
BONJOUR TENDRESSE
HEUREUX QUI COMMUNIQUE
L'ENFANT BOUDDHA
CHARTE DE VIE RELATIONNELLE À L'ÉCOLE
COMMUNIQUER POUR VIVRE
C'EST COMME ÇA, NE DISCUTE PAS !
EN AMOUR, L'AVENIR VIENT DE LOIN
ÉLOGE DU COUPLE
TOUS LES MATINS DE L'AMOUR... ONT UN SOIR
LES MÉMOIRES DE L'OUBLI (en collaboration avec Sylvie
    Galland)
PAROLES À GUÉRIR
POUR NE PLUS VIVRE SUR LA PLANÈTE TAIRE
CAR NOUS VENONS TOUS DU PAYS DE NOTRE ENFANCE
CONTES À AIMER, CONTES À S'AIMER
DIS PAPA, L'AMOUR C'EST QUOI ?
OSER TRAVAILLER HEUREUX (en collaboration avec Christian
    Potié)
LETTRES À L'INTIME DE SOI
JE T'APPELLE TENDRESSE
JE CROYAIS QU'IL SUFFISAIT DE T'AIMER...
MINUSCULES APERÇUS SUR LA DIFFICULTÉ D'ENSEIGNER
MINUSCULES APERÇUS SUR LA DIFFICULTÉ DE SOIGNER
TOI, MON INFINITUDE (calligraphies de Hassan Massoudy)
N'OUBLIE PAS L'ÉTERNITÉ
PAROLES DE RÊVES (photographies de Vincent Tasso)
PENSÉES TENDRES À RESPIRER AU QUOTIDIEN (calligraphies de
    Lassaâd Metoui)
CONTES D'ERRANCES, CONTES D'ESPÉRANCE
POURQUOI EST-IL SI DIFFICILE D'ÊTRE HEUREUX ?
LES PAROLES D'AMOUR DE JACQUES SALOMÉ

Chez d'autres éditeurs

SUPERVISION ET FORMATION DE L'ÉDUCATEUR SPÉCIALISÉ (épuisé), Éd. Privat

RELATION D'AIDE ET FORMATION À L'ENTRETIEN, Presses universitaires de Lille

PARLE-MOI... J'AI DES CHOSES À TE DIRE, Éd. de l'Homme

APPRIVOISER LA TENDRESSE, Éd. Jouvence

SI JE M'ÉCOUTAIS, JE M'ENTENDRAIS (en collaboration avec Sylvie Galland), Éd. de l'Homme

AIMER ET SE LE DIRE (en collaboration avec Sylvie Galland), Éd. de l'Homme

JAMAIS SEULS ENSEMBLE, Éd. de l'Homme

UNE VIE À SE DIRE, Éd. de l'Homme

LE COURAGE D'ÊTRE SOI, Éd. du Relié, Pocket

AU FIL DE LA TENDRESSE (en collaboration avec Julos Beaucarne), Éd. Ancrage

INVENTONS LA PAIX, Éd. Librio

L'AMOUR ET SES CHEMINS (en collaboration avec Catherine Enjolet), Éd. Pocket

PASSEUR DE VIES, Éd. Dervy, Pocket

CAR NUL NE SAIT À L'AVANCE LA DURÉE D'UN AMOUR, Éd. Dervy

CHAQUE JOUR... LA VIE, Éd. de l'Homme

UN OCÉAN DE TENDRESSE, Éd. Dervy

MILLE ET UN CHEMINS VERS L'AUTRE, Éd. Souffle d'Or

DÉCOUVRIR LA COMMUNICATION RELATIONNELLE DÈS L'ENFANCE (en collaboration avec Kathleen Geerlandt), Éd. Jouvence

JE MOURRAI AVEC MES BLESSURES, Éd. Jouvence

VIVRE AVEC SOI, Éd. de l'Homme

VIVRE AVEC LES MIENS, Éd. de l'Homme

VIVRE AVEC LES AUTRES, Éd. de l'Homme

ÉCRIRE L'AMOUR, Éd. Dervy

SI ON EN PARLAIT, Éd. Jouvence

ET SI NOUS INVENTIONS NOTRE VIE ?, Éd. du Relié

INVENTER LA TENDRESSE, Éd. Bachari

Composition réalisée par IGS

Achevé d'imprimer en février 2009, en France sur Presse Offset par
Maury-Imprimeur - 45330 Malesherbes
N° d'imprimeur : 143953
Dépôt légal 1re publication : janvier 2008
Édition 06 - février 2009
LIBRAIRIE GÉNÉRALE FRANÇAISE - 31, rue de Fleurus - 75278 Paris Cedex 06